三日月書版

# 仙魔劫

白晝

BL009

三日月書版

墨竹——著

# 目次


楔子 009
第一章 013
第二章 031
第三章 053
第四章 071
第五章 089
第六章 109


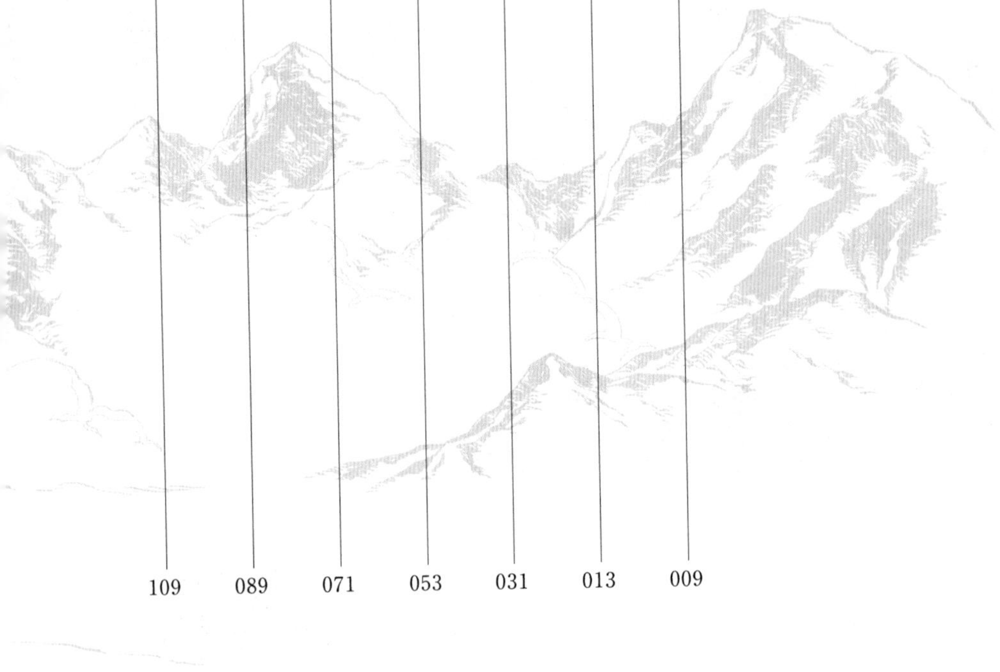

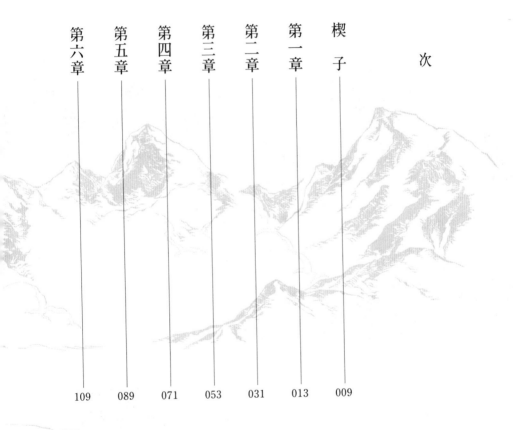

第七章 127
第八章 145
第九章 157
第十章 169
前塵 189
尾聲 193
番外 相守・長白紀事 203
番外 餘生只合花間老 217
番外 雨露雲雷 235


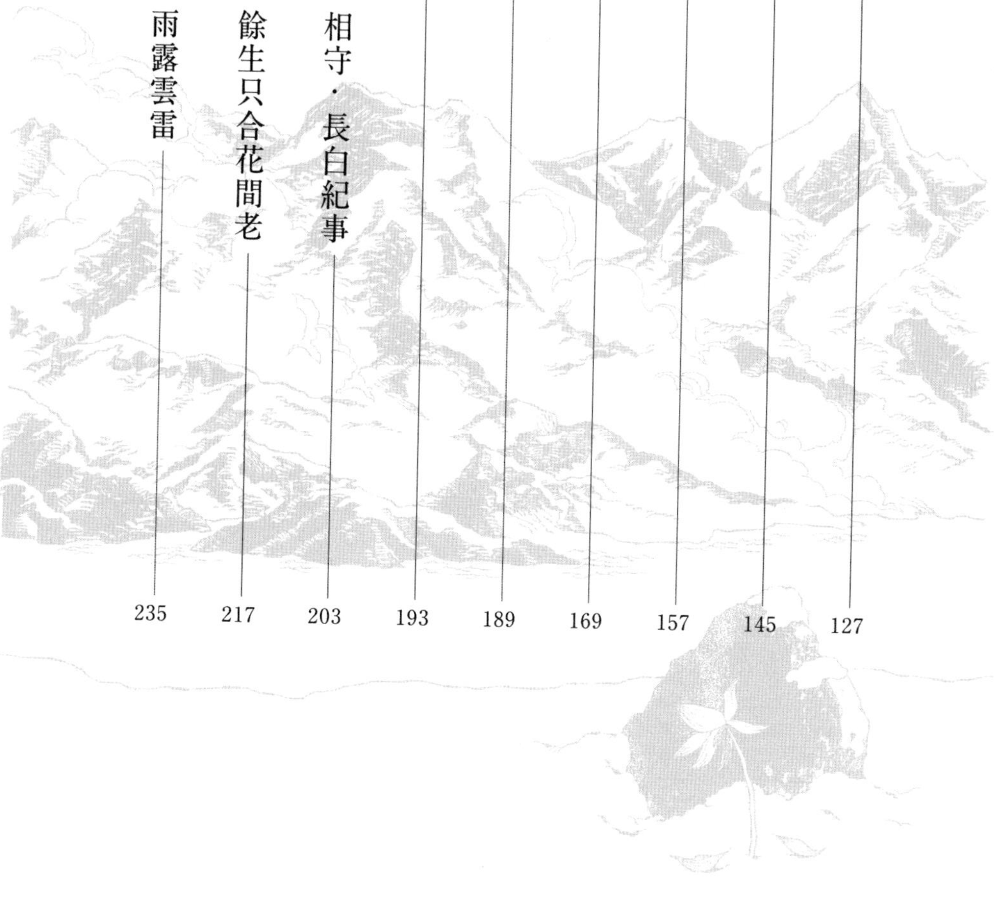

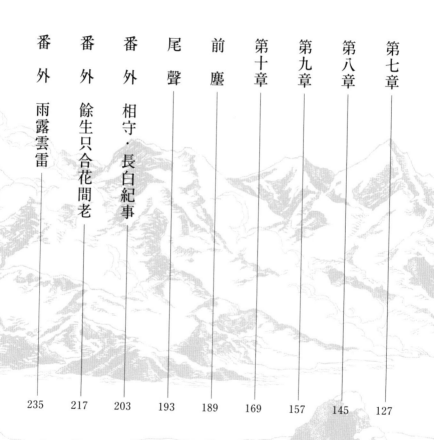

# 楔子

迷路了？

居然在森林中迷失了方向，這倒是生平頭一次。

白晝抬頭看了看早已暗沉下來的天色，打算先找個正確的方向。

來到林木間的一片空地，他左右看了看，四下一點聲息都沒有。

他伸出了右手，閉上了眼睛。

如果現在有任何人在場，都會驚訝到說不出話來。

點點綠色的光芒從虛空聚集到了他的四周，如螢火般追逐嬉戲，他美麗的面容漾著飄忽的微笑，整個人脫離了地心引力的作用，浮離了地面。

半晌，他睜開眼睛，臉上有了一絲疑惑。

「找不到方向？」他喃喃自語。

一陣暈眩。

他跌落下來，坐倒在地面上。

這座山林，拒絕提供任何訊息。

不若其他的地方，這座森林裡的植物，對於他的詢問緘默不語。

「看來，得等到天亮了。」他望著自己少到可憐的裝備，倒也不是真的那麼擔心。

他索性躺了下來，枕在背包上，仰首望著夜空。

一朵小小的野花，在他臉頰邊迎風招展，嫩黃的色澤吸引了他的注意。

「怎麼了？」他輕輕碰觸著花瓣：「你是覺得孤單嗎？」

「想要找個朋友？」他閉了閉眼睛，笑得有點淘氣：「好，我幫你。」

將臉湊近散發出芬芳氣息的大地，他深深吸了口氣，然後慢慢地吐出來。

一瞬間。

綠色的柔軟草苔間鑽出了小小的嫩芽，轉眼，遍地開滿了小小的野花。

「不用謝。」他有些疲倦地閉上了眼睛，卻仍是微笑著：「我知道……孤獨，最苦……」

# 1

有人在盯著他！

一種無來由的警覺，讓白晝從輕淺的睡眠裡突然清醒了過來。

張開眼，滿目的暗紅差點刺傷了他的雙眼。

然後，他看見了一雙眼睛。

如同水色般泛著波光，那是一雙足以沉溺任何東西的眼眸。

這雙眼睛的主人，是一個筆墨難以形容的人。不論是那張高傲的美麗面孔，還是長長髮稍間那種飛揚的如同正在燃燒的風姿，只覺得，是一個不屬於這個世間的人物。

可是大半夜的，在一處無人的樹海，為什麼會有一個穿著……睡袍的男人？

那樣式，是睡袍吧……

「這位先生。」他當然覺得奇怪，但依舊保持禮貌地問：「如果可以的話，你能稍微退後一點嗎？」

是怎麼做到的？看似和他平行又沒有壓到他，這人居然能把身體彎折成這樣的角度？

那張離他很近的臉稍微退後了一點，他趕緊順勢坐了起來。

「這位先生。」他清了清喉嚨，想著要說些什麼。

「惜夜。」這人的聲音有一絲沙啞，以及很多的不確定。

他愣了一下才反應過來：「惜夜先生。」

暗紅色的絲綢沿著身體的輪廓纏繞飛揚，似火焰卻與夜色相容，這個叫做惜夜的人，奇異地適合這種對於平常男人來說略顯突兀的顏色。

「叫我惜夜。」那雙眼睛是向上斜飛的鳳目，看人的時候，就像一泓流轉的深水。

「這……不大好吧！」他婉轉地拒絕：「我們好像並不認識。」

「你叫什麼名字？」這人看他看得失了神。

那眼神有些迷離遙遠……

「我想，你可能……認錯人了。」如果他沒有理解錯，那寫著懷念的眼神應該是給予另一個人的，一個不是他的人。

「我知道你不是他，可是，你們兩個人很像……太像了……」

「人總有相似的。」雖說很難相信整套說辭，但他依舊做了些空泛的安慰：「也許是你太想念他的緣故。」

「你，叫什麼名字？」

「我叫白晝，就是白天的意思。」

「白晝？」惜夜在離他一臂之遙的地方站著，輕聲細語地念出他的名字。

一個詭異的夜晚，一個詭異的男人。

暗紅的絲綢，迷離的神色。

他應該感到不安的，可是奇異地，他沒有。

這個人沒有什麼惡意，更重要的是，這個人身上的氣息，使他感覺熟悉。

「你……不是人類？」這話很荒謬，可他依舊問了。

既然自己擁有奇特的能力，那誰又能說山野間的精靈絕不存在呢？

惜夜的表情很是驚訝：「為什麼這麼說？」

「只是感覺。」他低頭摸了摸小小的野花：「你身上散發出香氣，它們爭著想與你親近。」

惜夜出現以後，他先聞到的是火焰的氣味，然後是蓮花的香氣，卻又都不盡然。就像是融合了火焰與蓮花的香氣，在這片樹海裡流轉飛揚。

「原來……」原來，這個叫白晝的凡人，是擁有通靈之能的凡人，他聞到的，應該是自己身上散發出的紅蓮之火的氣息。

「既然遇到了你，惜夜先生，能不能麻煩你告訴我，該怎麼才能走出這片樹海？」能離開總是好的，他可不太願意把白夜獨自一人留在家裡太久。

「你想離開這裡？」

他點了點頭：「我預定這幾天就要回家的。」

「你好像能和這些植物溝通？為什麼不問問它們？」

「它們不願意理睬我。」他也覺得奇怪，這些植物都很友善，卻偏偏不願意告訴他離開的方向。

「那是因為它們太喜歡你，不希望你離開。」他能夠清楚地看到，白晝的靈氣溫暖柔和，讓人生出眷戀之心。

「是嗎？」白晝抬頭，四周的樹木正沙沙作響，似在附和惜夜。

「這裡叫做煩惱海。」

「海？」

「對，很久很久以前。」惜夜盯著白晝在月色下閃閃發亮的璀璨銀髮：「你的頭髮，是為誰而白的？」

「誰？」白晝錯愕，然後微笑：「從以前就一直有人說，我前世一定為誰傷透了心，才會滿頭白髮地來到世上。但是，我根本不相信這種說法。」

「為什麼？」

「因為，如果真那麼傷心，我一定會把它忘記。人不應該背負過去而活，這一生會有這一生的苦惱，如果加上前世，不是太多太重了嗎？」

惜夜聽著，若有所思。

「你想離開嗎？」他問白晝。

白晝點了點頭。

「那麼，如果你願意讓我抱一下，叫我一聲惜夜，我就告訴你怎麼離開這裡。」

這個要求實在奇怪，白晝一時無法理解。

「為什麼？」

「不要問為什麼，你只要回答我好或者不好就行了。」惜夜說話輕柔，語氣卻很堅定。

白晝權衡再三，還是點了頭。

惜夜開心地笑了。

一陣香氣撲面而來，白晝有些僵硬地走入了那雙微張的臂膀。

惜夜雙臂收緊，臉頰深深埋入了他的肩窩。

他突然覺得有些難過，幾乎是本能地，下意識地抬手摸上了那頭烏黑的長髮。

然後，鬼使神差般喊了一聲：「惜夜。」

摟著他的惜夜渾身一震，更加用力地抱緊了他。

白晝被抱得有些發痛，卻不好推開他。

「放開！」正當他想開口要求，耳邊有人更快更大聲地說了出來。

事實上，那聲音尖銳得刺人。

他下意識地轉頭，卻心中一驚。

近在眼前，有另一個人。

另一個男人。

另一個很難形容的男人。

溫文中帶了一絲狡黠，俊美裡滲了九分尊貴。當然，這一刻這個本該俊美溫文的男人怒氣橫生，破壞了應有的翩翩風采。

也只有一眼，第二眼看到的是一個斗大的拳頭。

他及時地側臉閃避，卻依舊沒有閃開。

一個悶哼，他硬生生被打退了幾步，嘴角嘗到了鐵鏽味，想來是咬破了嘴唇。

好大的力氣！還真看不出來，這樣斯文的人會有這麼快的拳頭，連反應敏捷的自己也躲不過去。

「你幹什麼？」惜夜的臉上帶著驚愕，眼明手快地拖住了那個活動的凶器。

「他是誰？你半夜裡跑出來就是為了見他？」男人過分緊張地質問惜夜。

「你為什麼動手打人？」惜夜帶著怒氣。

「因為他抱著你。」男人的語氣居然酸酸的。

「那又怎麼樣？」

「怎麼樣？我很生氣，熾翼，你為什麼讓他抱著你？」

「其實你應該有看見，是我抱著他。」

男人大大地倒抽了一口冷氣。

不知為什麼，捂著臉蹲在一旁的白晝突然覺得他有點可憐。

「你為什麼要抱他？」男人更加緊張地追問。

「我想那麼做。」回答十分地斬釘截鐵。

男人的臉色立刻變得鐵青。

果然很可憐。

「這位先生。」雖說和自己關係不大，但出於好意，白晝還是想解開誤會：「你可能誤會了，我和惜夜先生只是單純地擁抱了一下，我沒什麼惡意。」

男人一愣，吶吶地重複：「惜夜先生？」

白晝也是一愣：「這位惜夜先生，不是嗎？」

「惜夜？」男人原本的怒氣剎那化為深沉銳利，雙眉一挑，打量起白晝來。

白晝有些不安。

這個男人的這種面孔，讓他心裡突然忐忑起來。

很危險……

「是你？」男人的聲音裡飽含驚訝。

一頭銀髮，溫和沉靜，不就是當年……

也不對，這張令人絕不會忘記的臉，不是屬於……

「是他，對不對？」惜夜一把拉住男人的手臂，語氣裡滿是企盼。

「你是優缽羅。」男人上前幾步，疑惑卻又肯定地說。

「不對！」出言反對的卻不是他：「他明明就是無名！」

「熾翼，無名已經死了。」男人的語氣有些不滿：「已經死了很多年了，你忘了嗎？」

「可是，他真的是無名，才不是什麼菠蘿！」惜夜惡狠狠地強調。

「熾翼，不要不講道理。」

「他剛才不是叫我惜夜？那就證明他是無名啊！」外表高傲的惜夜居然學小孩子一樣跺腳：「我說是就是！」

那男人看來拿他沒有辦法。

「惜夜先生，容我插一句嘴，其實是你要求我那麼喊的。」從頭到尾，最莫名其妙的人就數白晝了：「至於這位先生，我只是在樹林裡迷了路。在半小時以前，我們根本不認識，你大可不必這麼緊張。」

拍拍衣服上的灰塵，他拿起背包，準備離開這個充滿了離奇荒謬的地方。

「不行！」

「你不能走！」

這次，那兩位倒挺有默契的。

「為什麼？我確定自己不是兩位認識的人，不論是你們說的哪一個。」

「這倒未必。」答話的是那個斯文俊美的男人。

「他是無名啊！」惜夜在一旁小小聲地嘀咕。

「我叫做白晝，白天的白，晝夜的晝，不是吳明，也不是優什麼的。如果二位願意，可以告訴我出去的方向，如果不願意也就算了，我現在就走了。」

「太淵！」身後傳來急切的聲音。

「請等一下。」

白晝回過頭去。

俊美男人笑得很是……狡猾。

「白先生，是我們太過分，嚇到你了。」他面帶歉意：「我叫太淵，這是我的情人，熾翼。」

同性的情人？

白晝不禁愣了一下。他當然知道這種事，也不認為有什麼不對，使他驚訝的是太淵說這句話的時候極其自然，那是一種平和到了極致的態度，反倒讓聽到了的他產生了訝異。

但只有一剎那，隨後他自然地點了點頭。

「我們就住在不遠的湖邊。剛才的一切都是誤會，只是因為你長得很像兩位故去的朋友，所以我們才有些失態了。」太淵接著說。

「兩位？」他們之前爭執的就是這個？但這也太古怪了吧！「你確定？」

「嗯……這個很難解釋，應該說，你的氣質很像熾翼的一位舊友，但你的容貌，卻是像我認識的另一個人。至於剛才我動了粗，是我誤會了你，真的十分抱歉！」

他說得很誠懇，措詞也很完美。

可這理由，不是很荒謬嗎？

說他像兩個人，而那兩個人他們又分別認識，這不是在說天方夜譚嗎？

「我看不如這樣，現在已經很晚了，不如白先生你先跟我們回家去，洗個熱水澡，然後休息一下，等明天天亮我開車送你出去，是不是會比較好？」他又補充：「希望你能原諒我們的魯莽，我們這也是聊表歉意。」

合情合理，也很誘人。

但這個男人……給他的感覺……

大概是為了剛才那重重的一拳吧！

痛得要命！

「是啊！呃，白先生，睡在荒郊野地總不太好，不如去我們家過夜吧！」此刻，那個不知是叫做惜夜還是熾翼的男人也開了口：「不然，我們也不安心的。」

「你放心，太淵不會再發瘋了。」他注意到白晝嘴角的血跡，狠狠地瞪了身旁的太淵一眼：「他只是有夢遊的惡習而已。」

那個太淵偷偷地嘆了口氣，表情很無奈。

白晝開始覺得這一對情人有趣起來。

「好吧！」他也不再推辭，畢竟，熱水澡和柔軟的床鋪的確比在野外露宿強太多了。「如果不打擾的話，那就麻煩二位了。」

「不麻煩。」

「不打擾。」

這兩位的默契果然很好！

太淵說自己是一位攝影師，因為為地理雜誌工作的關係而熟悉了這片樹海，所以時常帶熾翼過來度假。

他這麼一說，白晝覺得有點印象，因為他的名字實在很特別。

而他的情人熾翼（惜夜據說是他的別名），也不是自己誤以為的什麼精靈，而是因為失眠所以到屋外散步，才會遇見自己。

不能算冰釋前嫌，但至少誤會已消。

他們住得的確很近，走路也只有十分鐘而已。

不過，說不上為什麼，白晝總覺得他們這套無懈可擊的說詞裡，透著某種程度的古怪。

比如現在……

「轉過身去！」就算刻意壓低了聲音也聽得出某人十分惱怒。

「不要！」回答也毫不遜色：「我也要看。」

「會長針眼的！」

「長就長。」

「熾翼！」聲音忍不住拔高：「你給我回房裡去！」

「該走的是你！」一樣怒氣沖沖：「你才會長針眼，色狼！」

「他是個男人！」盛怒之下開始口不擇言。

「你什麼意思？你是說我不是男人？」

「你知道我不是那個意思！」

「那又怎麼樣？是男人才更危險。他長得那麼好看，皮膚又白又細，腰也那麼美，連我看了……」

真是聽不下去了。

嘩——

他拉開了百葉窗。

「兩位。」他不知該不該表現出恐慌，但現在那兩張僵硬尷尬的面孔只讓他覺得好笑：「如果兩位不介意，我不太習慣在洗澡的時候供人參觀。」

「咳咳！」還是太淵的反應比較快：「我們只是怕你有什麼不滿意。」

所以蹲在窗戶外面關心一下？

「怎麼會呢？你們的浴室設施十分優良。」在一片原始森林裡，有這麼設施完善、修葺精美的別墅，他倒是第一次看到。

「那就好，那就好。」太淵拖起半蹲著的熾翼，準備撤退：「那你慢慢洗，我們不打擾了。」

「不要！」熾翼抬起眉毛甩開他，也不理會他泛青的臉色，開門見山地說：「白先生，我要看一下你的胸部。」

「咳！咳咳咳……」太淵扶著窗框，顯然是被這句話嗆著了。

說得這麼理直氣壯……

「我不是女人。」白晝開始佩服自己的好脾氣。

「我當然知道。」他長得是很美，卻完全不是女性的那種纖細柔美，沒有人會把他錯看成女人的。「我就是要看一下你的胸部。」

太淵已經轉過身去，不知是想笑還是想哭。

「為什麼？」白晝追問。

「因為我想看！」熾翼的眼睛裡寫著堅決，如果說不願意很可能後果堪慮。

白晝難得地笑了出來。

這一笑，像一縷融冰破雪的陽光，閃得人眼都花了，用傾國傾城來形容也絕不為過。

「你長得真好看！」熾翼都看傻了眼。「世上怎麼會有這麼美的人呢？」

「又不是沒看過更美的，這只是一般！」顯然，有人很不滿：「別這麼沒禮貌！」

熾翼一個白眼瞪過去。

「熾翼！你看夠了吧！」受不了他那種被美色迷惑的樣子，太淵頭頂像是冒出了白煙，一字一字地講：「不要打擾白先生了。」

「胸部。」某人卻固執得要死：「我還沒看到。」

白晝在此刻打破僵局：「好。」

不過是看一看，又不是女人。

他解開襯衫的釦子，敞開前襟。

為什麼會有抽氣的聲音？

他低頭看了看，沒什麼啊！

「好了，夠了！」太淵一把捂住熾翼的眼睛：「我們看過了，多謝白先生。」

死拉硬拖地扯走了全身僵硬的熾翼。

遠遠聽見他不滿的嘀咕。

「有什麼，只是比我白了點，皮膚好了點，幹嘛一副眼睛掉出來的樣子……」

再後面的大概是髒話。

他搖搖頭，放下窗簾。

真是奇怪的一對！

# 2

「白先生怎麼會到這種地方來？」

「為了工作，我從事植物研究的工作。」他喝了口茶，微笑著回答。

一回到客廳，這一對好像已經完全忘記了剛才的尷尬，並且準備了一桌的茶點，一副打算挖出他祖宗十八代的架勢。

「植物學家？對了！」太淵一副恍然大悟的表情：「我總覺得有點耳熟，我曾經聽人提起過你，你在業內是十分有名望的學者啊！」

旁邊的熾翼則回以一臉呆滯。

「我還只是個學生，明年才正式畢業，哪裡稱得上什麼學者？」

「你家裡還有其他人嗎？」熾翼發問。

「只有一個妹妹。」

「妹妹啊！」熾翼微笑著：「太淵也有弟弟。」

不知道是不是錯覺，有人輕輕哼了一聲。

「現在的孩子很令人頭痛。」熾翼的表情和這個話題完全不搭：「做長輩很辛苦的。」

「我妹妹還算乖巧。」

「是啊！太淵，如果蒼淚也可愛一點就好了。」

這次應該不是錯覺，那個「哥哥」正冷冷哼了一聲。

「不知道，白先生預定在這裡完成什麼工作？」熾翼看了他一眼，自然地轉過這個話題。

「是打算尋找一種稀有的花種。」白晝流露出惋惜。

那一對對視了一眼。

「那麼找到了嗎？」

白晝搖了搖頭。

「實在太好了！」

白晝不解地望著那雀躍的表情。

「熾翼的意思是，我們對這裡很熟悉，如果你要找什麼的話，我們能夠幫得上忙。」太淵解釋。

「是一種叫做西斯藍菊的植物，屬於滅絕種類，不過聽說在這片樹海深處有人見過。」他感到十分可惜：「但我找了很久也沒有找到，反而迷失了方向。」

「你為什麼一個人來呢？」地形這麼複雜廣闊的樹海，就算再大膽的旅行者也不敢獨自深入。

「我沒料想會迷路。」他忍不住去看那個被他誤認為精靈的熾翼：「我的方向感很好，也習慣了一個人工作。」

「你要找的那種花，我想，我知道在哪裡可以找到。」熾翼回以微笑。他的任何舉止都帶著說不出的華美，和太淵總在下意識流露的尊貴相映生輝。

「真的？」白晝十分驚喜。

「不過，離這裡還有一段距離，走過去要花上一天的時間。」

「一天？」這麼說來，自己完全走錯方向了？

「如果你並不是那麼急於離開，我們不介意作為嚮導。」

「這樣啊……」他認真考慮著。

「我們這幾天就要回去了，以後要找我們這麼好的嚮導可不容易。」太淵也在一旁遊說。

這一對……熱情得有點不合邏輯……

可是……沒覺得有什麼惡意……

再說，西斯藍菊是很難得的發現……

「好吧！兩位這麼熱心友善，我拒絕反倒是不近人情了。」他點了點頭：「那麼，看來還是真的要麻煩二位了。」

「能交到白先生這樣的朋友對我們來說，實在是一件十分高興的事，怎麼能說麻煩呢？」

太淵善於絲絲入扣的講話技巧，說他是攝影師，倒不如說是律師來得貼切。

果然和自己是完全不一樣的兩種人啊！

「你太過獎了。既然如此，就別那麼客氣，叫我白晝就行了。」

「彼此彼此，你叫我太淵就好。」

「可不可以叫我惜夜？」熾翼接了下去，眼裡滿是盼望。

不知……叫他惜夜的那個人會是誰？不會是長輩，單從太淵掩飾不住的酸味就知道了。應該……是逝去的情人吧！

「我看不太好，不如還是稱呼你熾翼吧！」他語氣輕柔地拒絕了。

熾翼流露出失望，低下頭不再說話。

他抬眼，太淵正對著他微笑，像是帶著一絲感激。

是……嫉妒的心？不，大家的表情都像是遺憾……

那個被懷念的人……十分幸運啊……

長夜竟不知不覺過去了。

不知道為什麼，白晝絲毫沒有倦意，只睡一個小時就醒了，再也睡不著。

信步走出了房間，到走廊上吹風。

這棟房子建在一片清澈的湖岸邊，他現在站的位置正是延伸到湖水中的一個小型碼頭。

他赤著腳走到盡頭坐了下來，靠在欄杆上，等待第一縷晨光的來臨。

太陽升起，是他最愛的景致……

有人靠近，在他背後不遠處停了下來。

大概是太淵他們。

微笑著轉頭，想道聲早安。

「無名！」一聲驚訝的叫喊和一張因為震驚而扭曲的臉。

又來了！

「先生，我想你認錯人了。」就在這附近，有太多類似的例子。

聽到這句話，那張俊美卻有一絲孩子氣的臉立刻平靜了下來。

「你是什麼人？」對方問得有點過於小心。

「我叫白晝，是這家的客人。」他站了起來，伸出手：「你好！」

對方盯著他的手三秒鐘，才有些遲鈍地反應過來。

「你好！我叫蒼淚。」他也伸手出來。

這種氣溫，為什麼會是一手的冷汗？

「蒼先生，你不舒服嗎？」

「不不！」他立刻從口袋裡拿出手帕，略顯緊張地擦乾手心。

白晝溫馴地點頭，表示瞭解。

接下來，有一刻的沉默。

這個蒼淚的目光十分銳利，也透著古怪。

「蒼先生。」

「叫我蒼淚就好。」看到快失神的人終於醒了過來。

「有那麼像嗎？我和那兩個人？」再怎麼沒好奇心，也讓這群人的表現勾起了興趣。

「兩個人？」蒼淚一臉驚訝：「什麼意思？」

「太淵說我像你們以前認識的兩個朋友。說是一個人的氣質，一個人的外貌。」

他自己說來也覺得很拗口。

「不，我不清楚。」蒼淚皺眉：「但你……的確很像我認識的一個人，不是外貌，而是感覺。」

剛才在不甚分明的晨光裡，那單薄清瘦的背影，如銀絲的長髮，甚至轉過頭以後，他還是錯認為……

不過定神看去，就知道不是了。

那個人沒有這麼美麗的表相，清雅有餘，卻不是這種鍾天地靈氣而生的絕美。

可就是知道了，才更奇怪……這世上，居然有那麼相似的神韻……可能嗎……

這個人的過去未來，也看不清，就像那個人一樣，他的累生來世如同被重重的迷霧圍繞……

「蒼先生。」

「蒼淚。」他深吸了口氣，恢復了平時的鎮定。

「如果你是來找此地主人，我想他們大概還沒有起床。」眼前這一位顯然隨興過了頭，哪有這麼早來拜訪別人的，而且還穿著這樣正式的晚禮服。「如果你不介意，可以去客廳休息一下，這麼早趕過來一定很累了。」

蒼淚也意識到了自己不合時宜的穿著，解釋說：「我正巧有一個聚會。」

「一和帝君吵架就用這招夜夜笙歌、琵琶別抱來報復，你還真是有出息。」傳來另一個懶洋洋的聲音，太淵衣著整齊地出現在另一頭，臉上的表情卻像故意似地挑釁嘲諷。

「關你什麼事？」這邊也繃起了臉。

「我是在誇獎你啊！這一招用了這麼多次依舊無往不利，這是你的本事嘛！」太淵點著頭：「只要一想到那個總是高高在上、被人百般討好的東溟帝君，每次求你的時候那種低聲下氣的樣子，我就覺得有趣極了。」

「這是我的事，我不需要跟你多說什麼。」蒼淚哼了一聲。

「你跑路多久了？一天？兩天？不會是三天了吧！居然撐過三天，你這次肯定冤枉他冤枉得太誇張了！」

「那個該死的大花痴……喂！太淵，這跟你有什麼關係？」

「怎麼會沒有關係呢？」太淵笑起來的樣子，不知道為什麼總給人狡黠的感覺：

「以你這種古怪的個性，一轉身不知又跑到哪裡去了。萬一帝君知道你來過我這兒，發起瘋追著熾翼要人，不就是給我找了個大麻煩嗎？」

「你以為我喜歡這個連鬼影也沒有的破樹林啊！要不是熾翼神祕兮兮地找我來，又不肯說為什麼，我連一根腳趾頭也不願意踏進這裡半步。」

「熾翼叫你來的？」

「不然我是趕來看你這張死人臉的啊！」

這兩位，看來關係不怎麼好的樣子。

「夠了吧！」據說是始作俑者的人終於出現：「到哪一天你們兩個人才能和平共處啊？」

「除非他死的那一天。」太淵朝天打了個哈哈。

蒼淚一挑眉，壞心地一笑：「除非你跟別人跑掉的那一天。」

太淵額際青筋微跳，蒼淚瞇起了眼睛。

「唉。」熾翼嘆了口氣，滿臉無奈。「對不起，白先生，讓你見笑了。」

「不會，鬥嘴也算是兄弟相處的一種方式。」白晝微笑著，心裡有一絲說不出來的失落。

「咦？你看得出他們是兄弟？」

「你之前不是有提到過嗎？」所以，蒼淚一報名字他就隱約想到了。「況且，他們很相似啊！」

「有嗎？」熾翼看著兀自在冷嘲熱諷的那兩個：「他們兩個長得一點都不像啊！」

「眼睛的輪廓，還有細微的動作都很像。」

「是啊！我都沒有注意過，只覺得他們兩個笑起來的樣子都挺討人厭的，沒想過是因為腔調一樣的緣故。」

場中的兩人聽見了，立刻予以否定。

「那不可能！」

「我和這死小子像？除非天再塌下來！」

同時朝對方冷哼了一聲。

白晝和熾翼相視而笑。

「對於白晝，你們到底是怎麼看的？」稍後，在客廳裡，熾翼問著各據左右的兄弟倆。

「你讓他知道有什麼用？你還指望他幫上什麼忙嗎？」

「太淵，你不要這樣。畢竟，蒼淚也見過無名，我想聽聽他的意見。」熾翼真不知道該拿這對習慣了仇視對方的兄弟怎麼辦才好。

「我說過了，他不是無名。」

「那蒼淚呢？你也這麼認為嗎？」

透過窗戶遠遠望著坐在湖邊的白晝，蒼淚顯得有些迷惘：「我不知道。感覺上真的是他，可是，那應該是不可能的。」

「熾翼，我知道你很想念無名，可是不能僅憑感覺就武斷地認為無名還能投胎轉世。」太淵走了過來，摟住熾翼的肩膀。「你忘了嗎？他當年可是魂魄俱滅。」

「我曾經和他一起生活三百年，不會弄錯的。雖然容貌不同，但那種感覺不會有錯。」

「好！就算真如你猜想，你又怎麼解釋他的胸口為什麼一點傷痕也沒有？你別忘了，『毀意』傷得最深的就是魂魄，就算他後來轉世了，生生世世也都會留下那道傷口。這一點不容懷疑，不是嗎？」

「那他是誰？除了無名，這世上還會有誰能給我那種感覺？」

「不。」太淵沉吟：「他是另一個人，這也是絕對的。」

「那是誰？你一直在說，那個外貌究竟是誰的？」蒼淚問：「我怎麼會算不出來？」

「你當然不會知道，因為以前他和我們多少也有點牽連。」太淵不屑地撇了撇嘴：「你聽說過優鉢羅這個名字嗎？」

「優鉢羅？是梵文的名字？」這名字怎麼這麼奇怪。

「不錯。」太淵低頭向熾翼解釋：「這是昔日佛祖釋迦座前淨善尊者的名字。他是由世間善心孕育而成的神明，執掌輪迴中的人心。」

「那他不是應該在仙魔道的大劫中神魂俱滅了，為什麼還會在這個世上出現？」蒼淚皺眉。

「因為遠在許多年前，優鉢羅尊者犯下重罪，被西天諸佛施法囚禁在黃泉地府的眾生輪迴盤裡。」

「重罪？什麼樣的重罪？」

「優缽羅尊者入了魔道。」太淵微笑著，想起了許久以前那群仙佛們灰頭土臉的模樣。「那一陣子的雷音寺，著實為他元氣大傷。他們費了很大的力氣，折損了幾乎所有佛陀們的法力，才制住了成魔的優缽羅。」

「會有這種事？什麼叫做入魔？」熾翼不懂。

「但凡那些仙人佛陀，並不像我們一樣能夠隨心所欲、放任自己地生活。因為仙魔道的束縛，他們極為害怕被黑暗中的魔道眾生侵蝕純淨之心，一旦信念動搖而入魔，就會由仙道偏入魔道，轉而與天上抗爭。」

「既然他們制住了他，為什麼不殺了他呢？」蒼淚問道。

「問得好。當年優缽羅尊者不但在雷音寺裡聲望極高，他的法力在佛祖所有近前尊者裡面也是數一數二，這麼高位的佛陀墮入魔道，不論對仙界或佛界來說都不是一件有趣的事情。

「永絕後患的法子當然是打散他的元神魂魄，讓他永世不得超生，但問題剛好就出在這裡。優缽羅和其他佛陀不同，他本來是人心孕育的無形之物，他的力量也是無形的，銷毀了他的身體正好是讓他失去了唯一有形的束縛，到時候要再抓他可不是那麼容易的事。」

「所以他們囚禁了他？就不怕他有一天會逃走？」

「別傻了！你以為眾生輪迴盤是什麼東西？輪迴盤一千年轉動一次，不論什麼仙魔妖鬼，不論有多高的法力，都會被世間眾生的輪迴侵蝕掉所有記憶與力量。就算是我被關到了那裡面，恐怕也是法輕易逃出來。」

太淵凝神細想：「算來有近三千年了，輪迴盤至少已經轉動兩次，他居然還能活著，真是不可思議。如果我猜得不錯，先前那場仙魔道大劫，眾生輪迴盤隨著從極淵一同崩塌，他才有機會重新入世輪迴。」

太淵說到最後有些欲言又止，他雖然覺得其中有著不同尋常之處，卻又想不清楚……

「就算是這樣，他的頭髮為什麼和無名一樣也是白的？難道是那個輪迴盤造成的嗎？」

「那倒也不全是，優缽羅的本命元神是一朵白色的優缽羅花，我曾經聽說過，他初次變化成形的時候，就是滿頭白髮的模樣。這只代表，他被眾生輪迴盤消磨得靈力微弱，恐怕經過這一次，連下次靠自己的力量轉世也很難了。」

「你為什麼這麼肯定？我算不出他的過去，難道你能嗎？」蒼淚不信任地看著他。

「我當然不能，他的靈氣甚至微弱到讓我無法分辨。可他就是優缽羅，你只要看過他一眼，就很難忘記。」太淵的聲音裡不無感嘆：「勝過世間一切色相，司掌著人心根本，優缽羅本是最為通透智慧的神明。」

「你認識他？」

「不，只是三千年前，在孤獨園裡擦肩而過。」可不能讓熾翼知道，那一眼以後，他對優缽羅念念不忘，百般接近的事。「他那麼特別，所以我印象深刻。」

當然，如果不是因為自己，優缽羅未必會入了魔道。

有什麼不好？那種美麗應該是在紅塵中掀起滔天巨浪，而不是在孤獨園裡，白蓮池畔伴佛消亡。

劫。

不也因為入了魔道，才能在輪迴盤裡躲過劫難，若非如此，只怕會應了那場大

這一切，可不能讓熾翼知道，他一定會生氣的。

畢竟，用了不光彩的手段……

「真的只是認識，沒有其他？」熾翼有些懷疑。誰叫他以往素行不良，每一件聽來不相干的事情到最後幾乎都會和他扯上關係：「你不會是和他有仇吧！」

「這怎麼可能！換句話說，他是所有人的良心，我怎麼會和自己的良心過不去呢？」

另兩人臉上露出了懷疑，太淵聰明地繞過這個話題。

「除非他能想起入輪迴盤之前發生的事情，否則這一生，或者直到他魂飛魄散，也只是個有些異能的凡人罷了。」

「可是，他為什麼和無名那麼相似？」

「一千年多前，他應該還困在輪迴盤裡，所以他不可能是無名。人不是總說『無獨有偶』？或許，無名與白晝本就是偶，只是一個逝去，一個存活罷了。」

事實俱在，熾翼一時也無話可說。

「無名……真的死了……」過去了近千年的時間，卻在每一次想到這個名字的時候，依舊覺得悲傷無力。

「無名」已經成為了一個永遠無法癒合的傷口，一個超越時間的毒咒。

「對不起……」太淵輕聲嘆息，如果，當年不是因為他的私心，無名或許不會落得魂飛魄散的下場。或者，大家就還會有相聚的一天。

「是註定的。」熾翼笑得有一絲牽強：「他是為了自己才選擇死亡，他很清楚會有怎樣的後果，也不會後悔那麼做。他不傷心……只是有些……遺憾……」

蒼淚長長地嘆了口氣。

那一路，每一個人都走得很辛苦。

「如果是『他』，見到了這位白晝，會有什麼反應呢？」太淵突然口出驚人之語。

另兩人一震，如遭雷噬。

「太淵，你在想什麼？」蒼淚長身而起，面有慍色。

「不要開玩笑了。」熾翼也皺眉輕斥：「胡說八道！」

「我什麼都沒想，是你們太敏感了。」太淵淡淡一笑：「你們以為會有什麼反應？頂多就是覺得眼熟，再不然，連看也不會多看一眼的。」

蒼淚垂下了眼簾，靜靜地坐下。

熾翼的臉色更加黯然。

不要說只是有些神似，就算長得一模一樣，得來的也不會是什麼驚喜。看，也不會多看一眼的。

美麗，更不會撼動那心一絲一毫。

「他的心是冰做的。」蒼淚苦笑：「萬年寒冰。」

「這個，我們不是早就知道了？」熾翼抿了抿嘴：「他的血根本就是凝固的。」

「只是欲望比較清淡，你們太苛刻了。」太淵輕咳了一聲。

「我無法諒解，他甚至在無名就要死去的時候也不願意多安慰他一句。哪怕是假的，他也不願意說。」

「正因為是假的，他才不說。」太淵解釋：「雖然看起來很殘忍，但他本來就是那樣的人。無名也不會希望到了最後，得到的是他的敷衍。」

「那麼，換了你呢？如果我是無名，你是他，你也會那麼對我嗎？」熾翼認真地問他。

「胡說，我們之間永遠不會有那一天！」太淵恨他胡亂比喻，心頭火起，但看見他難過的樣子，又立刻心軟了：「我們之間的情況和他們不同。無名對他有情，他對無名沒有，當然是無名會痛苦傷心。」

「他為什麼這麼無情……」

「天性吧！從我認識他開始，他就一直是那個樣子。會為了一個承諾和我爭鬥了幾千年，卻在做到了以後立刻翻臉不認人，像從來就不認識我一樣。」

想起了與之周旋的艱辛歲月，再想到現在那種被完全忽視的情況，他最不能接受的就是這一點。

「我現在每次看見他，就覺得自己像個傻瓜。以前那種針鋒相對，就像是我一個人的臆想。」

「師父本來就是個冷情重諾的人。」蒼淚的目光又放到了窗外那隨風飛舞的銀絲之上：「他當年願意見無名最後一面，已經是絕無僅有的舉動了。」

「白晝……不是無名比較好……」

「熾翼，難得你看得穿。這也是我的意思，你最好不要把他當作無名來看，不然他不舒服，你也會難過。」

熾翼點了點頭，神色裡夾雜著苦澀。

蒼淚淡然地望了太淵一眼：「不要看我，我自有分寸。」

「熾翼，別和他太接近了。他現在雖然只是個凡人，還是十分敏銳，我們身分特殊，不要和他多作糾纏的好。」

太淵的目光也盯著蒼淚：「你也一向大而化之慣了。不要忘記再怎麼神似，他都不是無名。他曾是佛祖座前最有法力的入世尊者，再怎麼本性純善，優缽羅始終是從魔道中來，也難保他毫無惡意。」

「優缽羅嗎？」蒼淚懷疑：「為什麼這麼難以確定他是善還是惡？」

「執掌世間莫測人心的佛前淨善尊者，就應該是世間一切良善的化身嗎？淨善又何嘗不會轉化為惡？優缽羅又何嘗不能是魔？」太淵的臉上泛起笑容，很有惺惺相惜的意思：「這是當年他離開雷音寺時與佛祖釋迦的辯答。我對他向來都很欣賞，不論是佛或是魔，他都是讓人驚嘆的人物。」

「究竟是什麼，能讓這樣的神明墮入魔道？」

「懷疑、執念、貪、嗔、痴，極致莫過於情。他為人一向淡漠，情對於他來說應該是一種負累，最有可能的是對於信仰的懷疑。佛家說那是種在心田裡的一顆種子，一旦心裡有了懷疑，怎麼還能摒棄雜念呢？」

「不要接近他嗎？」熾翼走到窗邊：「或許是不應該太接近他。」

「熾翼，往事只能作為留念。」

「他說天上人間，不再相見。」熾翼長長吁了口氣：「幸好，不是為我，否則的話……這漫漫歲月，怎麼才能安心……」

一時，滿室黯然。

# 3

「謝謝你們幫我找到了西斯藍菊。」白晝小心翼翼地把裝著樣本的玻璃瓶放到背包裡。

「不用客氣。」熾翼有些依依不捨的樣子。

「我送白晝去城裡，很快就會回來。」太淵暗自嘆了口氣。

蒼淚則遠遠站在一邊，默默地看著。

「多謝各位的照顧。」白晝微笑著向大家道別。

「你要多保重。」

熾翼低下了頭，輕聲地說著。

間。」

「呃，好的。」這麼嚴肅，不會太傷感了嗎？「你們有空可以來找我，任何時

「你的家庭真讓人羨慕。」他們終於離開了以後，白晝對太淵說。

「是嗎？一半一半吧！」太淵的表情有一瞬的莫測：「你並不知道，為了這些我們付出了什麼。」

「但至少你是幸運的，並不是每個人都有這份幸運。」

「說得不錯。」沒想到，經過了這麼多年，這麼多的變故。到今天，依然有機會能和這個曾經把他看得最透澈的人這樣交談：「為了這份幸運，我讓太多的人痛苦不幸，只要想到這個，我始終無法安心。說來你或許不會相信，我常常整夜不敢閉上眼睛，只因害怕這一切只是一場幻夢。」

「不是的。」白晝搖頭，笑容安詳：「逝去的有如流水，追憶懊惱可以，但不要畏懼。你畏懼是因為害怕失去，或者是得來得太辛苦，所以格外珍惜，這是好事啊！」

「是吧！」

「太淵。」在告別的那一刻，白晝似笑非笑地講：「我昨天晚上作了個夢，一個有你的夢。」

太淵一愣，追問著：「是什麼樣的夢？」

「你們的誤會誤導了我，我做了個荒唐的夢。」他自己想想也覺得有點好笑：「我夢見一片沒有盡頭的白色蓮池，你和我在池邊下棋。你問我，如果有一天，你讓我墜入苦海，萬劫不復，我會不會再保有平和寧靜的心？」

太淵收起笑容，極為正經地問：「你怎麼回答的？」

「我不知道，我只知道，未知才稱為將來。」

「是嗎？真是個荒唐的夢。」太淵笑了。

「是啊！」白晝也老實地點了點頭。

沒想到，他居然還會有往生的記憶。難道說，人心的力量如此地強韌？還是，那只不過是心海中、靈魂裡的一抹掠影浮光？

「太淵，好好珍惜。」白晝微笑，那笑，讓太淵有些恍惚：「可別對不起那些因為你而不幸的人。」

**我可以為每一個人種上一朵蓮花，但要讓花開只能靠他們自己。對於執著的心，我沒有化解的辦法。**

一時，花香撲面。

白晝指掌間，有一朵純淨白蓮，爭然怒放，香氣四溢。

白晝微笑著遞了過來，太淵伸手接住。

「留個紀念吧！」白晝和他道別，轉身離開了。

**天地懷憐，清風拂面。願我世間，蓮葉田田。**

看著手裡的白蓮，太淵微微一笑，想起了昔年刻在白蓮花臺上的這四句話。

優缽羅啊優缽羅！你一直為了世人苦憂，因為他人的執念而懷疑一直堅持的信仰，被迫遠離了平和寧靜的心境。

其實你原本就是一面無形的鏡子，是佛還是魔，終究只是旁人私心的產物。你還是你，不論是佛是魔，你從來就沒有改變過。

但為什麼……對一切仍然都看得那麼透澈的優缽羅，眉宇裡也有了憂愁？就算是被定論入了魔道的當年，依舊沒有絲毫動搖的你，還是免不了染上了塵世的氣息……

那會是什麼呢？

會是……情嗎……

又來了！

白晝疲累地睜開眼睛。

不知道從哪一天開始，居然夜夜與夢糾纏。不記得夢見了什麼，只是每次驚醒，總是冷汗淋漓。

他從床上爬了起來，坐到書桌旁，面對散落了滿桌的檔案資料，也沒有心情整理，轉身去了浴室。

頭很痛，像是有什麼東西就要穿透出來一樣。

他又忍不住想起那片煩惱海中的人物。

深沉卻無法看透的太淵。

熱情卻滿懷心事的熾翼。

銳利卻充滿懷疑的蒼淚。

應該，都不是普通的人物……

不說破並不代表他看不出來，他們每一個都很特別。雖然沒有刻意地表現出來，但不經意間流露了太多的與眾不同。

舉手投足裡有少見的氣質……和這個世界格格不入的氣質……

他張開眼，鏡子裡映出了在夜裡分外顯眼的容貌。

不要說別人，連他自己也很難接受這過分刺眼的外表，何況那種特異的能力……或者住在遠離塵囂的山野裡，對自己來說可能也是種理想的生活方式。

一個恍惚，腦海裡閃過一抹影像。

白色，黑色。

雪白的背影，烏黑的長髮。

道阻且長……

白晝使勁揉了揉眉心，責怪自己愛胡思亂想。

不過是夢裡閃過的一個背影，竟會讓你……痛徹心扉……

一曲溪流，落花如雪。

眼前只看見一襲白色的衣料。

有人輕聲地對他講話，說：「你不要真的飛走了，我會害怕的。」

他努力地想要抬起頭，想看一看那對著自己溫柔訴說的人，卻有什麼東西重重地壓住了他的脖子，怎麼用力也無法挪動分毫。

心裡一酸，痛了起來……

「白先生，白先生！」

他渾身一震，醒了過來。

張開眼睛，一張精細雕琢過的面孔近在咫尺，他反射性地拉開了一些距離。

「您沒事吧？」職業性的關切笑容裡增加了一絲不易察覺的驚嘆。

「沒什麼，我這是怎麼了？」他只覺得頭昏昏沉沉的，呼吸也有些不順暢。

「好像是作惡夢吧！我看見您一副很難過的樣子才叫醒您，請原諒。」近看，這張臉依然這麼賞心悅目，聽說他還是十分知名的權威學者。這年頭，這樣才貌兼具的男人可不多見！

「謝謝。」他拉開舷窗，刺目的陽光照射進來：「還有多久才到？」

「快到邊境了，您看，那座山脈就是長白山。」今天能見度極好，巍巍雪山在他們腳下閃閃生輝。

「長白山？」他輕聲重複著，心裡迴盪著異樣的情緒。

「您要不要……」話沒說完，一陣劇烈的震盪，所有的人都驚叫出聲。

「各位請鎮定，可能是遇上了氣流，請大家繫上安全帶，我們很快就會平穩下來的。」空服小姐擠出微笑，匆匆忙忙地跑出了這段機艙。

飛機搖晃著，所有的人都在彼此安慰。

他卻像著了魔一樣，呆呆地望著窗外。

長白山……

一片銀白。

有人摟著他，他卻覺得很冷。

那人的聲音，冷冷地在耳邊迴響。

「究竟是什麼使你們這麼執著？情愛，究竟是什麼？」

你為什麼不懂？你為什麼就這麼無情？

他的心痛苦嘶喊，可是到了嘴邊卻只能化為嘆息。

除了嘆息，什麼也做不到……

天上人間，不要再見，絕對不要再見了……

竹屋？

白晝再次睜開了眼睛，呆滯地望著白紗帳外清幽古樸的擺設，腦袋一時無法正常運作。

「飛機……」最後的記憶，只有一片喧譁嘈雜，似乎是飛機出了問題。

可如果真的遇到空難，也不應該躺在這種地方啊！

還是已經死了？那渾身的痠痛又該怎麼解釋？

「你醒啦！」門砰地被推開了，一道身影飛快地閃了進來，像陣風一樣地捲到了床邊。

那是一個孩子，小小的臉、彎彎的眉毛、大大的眼睛、紅撲撲的臉蛋，是一個過分漂亮的孩子。

「嗨！」那孩子滿臉抑制不住的好奇：「睡美人，你醒了嗎？」

他點了點頭，半撐起自己的身子，打量著這座乾淨整潔的竹屋：「這裡是什麼地方？」

「山上啊！」那孩子興致勃勃地回答：「你從天上掉下來，正好被我發現了，我就把你帶回來了。」

「掉下來？」這麼說，飛機真的失事了？「我怎麼會沒事呢？」

「因為你被包在一朵花裡面啊！」小臉上寫滿了驚喜：「很漂亮呢！」

花？對了，好像在失去意識的前一刻，身體被什麼東西包裹住了。

「那你還有沒有看見其他人？」那種高度……

「不知道。我沒有看見別人，他們大概掉到下面去了。」

「下面？山下嗎？」

「山下？」孩子側頭想想：「差不多吧！」

「謝謝你。」雖說眼前的這個孩子看來不過五、六歲，不太像有能力救人的樣子。

「我叫閃鱗。」他撩開額前的碎髮，指著自己的額頭。

那是一個奇異的胎記，只有指甲大小，仔細一看，居然像是一片片細小的金色鱗片交疊而成，還像真的鱗片一樣散發出五彩的光芒。

「你叫什麼名字，睡美人？」

「我不叫睡美人。」被他的童言童語感染，白晝淡淡地笑了出來。「我叫白晝，就是白天的意思。」

「可是，你明明就和書上寫的睡美人一樣啊！」閃鱗想了想：「你比書上畫的漂亮多了。」

「我和你一樣都是男孩子，怎麼會是公主呢？」

「那有什麼關係？」閃鱗把臉皺到一起：「是我吻醒你的，你可不能賴帳喔！」

「吻？」白晝一愣，然後笑了：「算了！」

和一個什麼都還不懂的小孩子計較這些有點可笑。

「閃鱗，你的父母呢？」

「父母？」閃鱗顯然沒想到會被問到這個，答得有點茫然：「我不知道。」

「你家裡只有你一個人嗎？」這孩子是個孤兒嗎？

「也不算一個人啦！」這個問題有點複雜：「大家說我太吵了，應該到一個沒有人的地方學會什麼叫安靜。」

「什麼？」把這麼小的孩子放在沒有人煙的山裡？

「其實我哪有很吵，我只是比較喜歡講話啊！」閃鱗的大眼睛裡水汪汪的：「這裡都沒有人陪我講話，好無聊喔！」

「那是你一個人把我救回來的？」

「是啊！」

「怎麼可能？」這麼小的孩子，恐怕連扶起他的力氣也不會有。

「那是因為，我會這個啊！」閃鱗炫耀似地打了個響指。

整張床連著白晝，在下一刻飄上了半空。

異能？

這個孩子，不是個一般的孩子。

「好了閃鱗，我知道了。你先把我放下來吧。」

閃鱗點點頭，床緩緩落回原位。

「這裡是在長白山頂嗎？」他看著這個孩子，覺得不可思議。

「我們都叫這裡長白幻境！」

「什麼地方？」不是長白山？

「這裡叫做長白幻境，平時沒有人進得來的。」閃鱗撐住下顎，趴在床邊，笑咪咪地看著他。「這個地方是只有我們才知道的喔！」

白晝有點糊塗了：「我不明白。」

「就是在山頂上，還有一個地方啊！沒有人上得來的地方嘛！」

看白晝一臉迷茫，他轉了轉眼珠，說：「我讓你看看！」

他伸出手，放到白晝的額頭上。

白晝閉上眼睛，只覺得一股意念湧進了腦海。

這是一片如同孤島一樣飄浮在空中的土地，被重重的冰雪與雲霧包圍，更像是被一種強大的法力禁錮著，沒有生命，沒有氣息，只有冰雪，只有……

他的頭急速後仰，嚇了閃鱗一跳。

「你怎麼了？」閃鱗看著自己的手：「我沒有做什麼啊！」

「不，沒什麼？」大概是一下子沒辦法接受，這世界上居然還會有這樣的地方存在。

「閃鱗。」他定了定神，問：「你能告訴我該怎麼離開這裡嗎？」

「不行，我也沒辦法啊！」閃鱗扁了扁嘴。

「那怎麼辦？」白晝看著窗外滿目的冰雪，開始有些擔憂。

「一年以後，會有人來接我，到那個時候，你就能和我一起離開了！」

「這麼久……」白晝皺起了眉頭：「你可以告訴我怎麼離開，我休息兩天就能想辦法離開了。」

「沒有辦法的，你沒有看見周圍都是界陣嗎？」閃鱗有點不開心地說：「你就留在這裡嘛！這裡好悶，都沒有人陪我說話。」

「我還有事。」他摸摸閃鱗的頭：「我家裡的妹妹可沒閃鱗這麼厲害，我會擔心的。」

「可是……」閃鱗嘟著嘴：「你是我撿到的睡美人啊！我七哥說，地上撿到寶，問天問地要不到。」

這種教育，是不是有點問題……

「睡美人是女孩子，以後，閃鱗你一定會遇到一個真正的睡美人的。」也不知他聽不聽得懂。

「她會有你這麼漂亮嗎？」閃鱗忍不住去摸白晝散開的長髮：「她的頭髮也會這樣閃閃的嗎？」

「會，她一定比我漂亮多了。」

閃鱗似信非信地盯著他：「真的？」

「真的。」他肯定地答覆。

閃鱗歪著頭考慮了半天。

「其實不是我不告訴你，是因為……他一定不會答應的……」閃鱗猶猶豫豫地講。

「哪個他？這裡還有別的人嗎？」

閃鱗小小的臉蛋上寫著為難：「他很可怕，我都不敢跟他說話。」

「你是說，有人可以幫我離開這裡？」

閃鱗點頭：「我喊他叔叔，這裡是他的。只有他答應了，你才可以離開。」

「什麼叫這裡是他的？」

「這個長白幻境是叔叔的啊！他就住在湖的那邊，他很凶喔！只要想和他講話，他就會拿眼睛瞪我，閃鱗就會凍僵了。」

聽起來，這個人脾氣不是很好。

「只要他答應，我就能走了是不是？」

「他不會答應的啦！他不會笑，也不講話，很可怕的！連我小哥來看他，他也從來不理。」

「你們是親戚？」這樣說，他的父母應該是把兒子託付給那個人。

「不是，他是我小哥的師父，但小哥很怕他。父親就對他很客氣。七哥很喜歡跟他講話，我舅舅非常非常討厭他，我也不大喜歡他。」

好複雜的關係，聽起來像繞口令一樣。

白晝為他表情生動的敘述微微一笑。

閃鱗眼睛張得大大的：「你笑起來好美喔！」

也不知跟誰學的，居然是十足的色狼語氣。

「你對他笑一笑啊！」閃鱗沒頭沒腦地說。

「為什麼？」那個人喜歡別人對他笑嗎？

「因為你笑起來好好看！」閃鱗的臉有點紅：「跟我小嫂一樣好看呢！」

「有用嗎？要是他不答應……」

「那你就留下來陪我好了！」閃鱗答得又快又大聲：「以後我讓小哥去求他，然後我們一起走！」

白晝沒有開口，心裡卻已經打定了主意。

哪怕沒有辦法讓那個人答應，也要試一試能不能自己離開。既然自己能來到這裡，就一定有辦法再離開。

「閃鱗，我要怎麼去找你叔叔？」他試著站了起來。

「他就住在湖的那邊，轉個彎，沿著湖就可以看見了。」

「那他的名字……」

「叔叔嗎？他叫……寒華。」

# 4

好冷！

白晝拉緊了身上單薄的衣服。

他本來只穿了一件白色襯衫，現在外面披著的這件像戲服一樣誇張的披風，據說是閃鱗父親的。

黑色的綢緞上繡著栩栩如生的飛龍，幾乎是他見過最華美精緻的衣物。可是，美麗歸美麗，這種衣服不是太不實用了嗎？

還有，死也不肯跟來的閃鱗，不是說不太遠，為什麼走了半個小時，還是沒看見除了冰雪湖水以外的東西？

還好，雪已經停了，稍微有些陽光，加上他一向耐寒，否則，很可能早就凍僵了。

他拉緊領口，繼續往前走去。

閃鱗說，那個寒華的性情有點古怪。

但只是舉手之勞，也不一定會被拒絕吧！

寒華……

這名字，有點熟悉呢……

似乎……聽過？

不，應該沒有……

可是為什麼……在聽到的那個瞬間……心都動搖了……

想要……

想要……見一見那個人……

他看見了那個人。

一頭烏黑的長髮，一身雪白的衣裳，站在高遠之處，低頭俯視著一切。

那一刻，他以為自己還在夢中。

這個場景、這個背影，實在是太熟悉了。

最近的一段時間，總是作著這樣的夢。

孤傲的、冰冷的背影，不可觸及，高高在上。

他的頭有些眩暈。

這不是夢，有一個穿著白色衣服的人，正站在眼前。

白晝定了定神，不再理會心中的騷動，慢慢地走了過去。

風吹動那人的衣袂髮絲，讓人聯想到了虛無縹緲的字眼。

只是看著他，就已經令人覺得難過。這世上，有誰能配得上這樣的風姿？

「請問……是寒華先生嗎？」他的聲音有一絲沙啞。

沒有回答，天地間，只有風聲呼嘯。

只要說明前因後果，然後請求他的幫助，不論成不成功都無所謂。

這不是原先設想好的嗎？

可是，看到這個背影……為什麼再也說不出話來了呢？

連看，也不願意看我一眼嗎？

為什麼？難道連看我一眼也不願意？

我做錯了什麼？你為什麼要這麼對我？

我……

一陣氣血翻騰，一股腥甜的味道湧上喉間。

「呃！」似乎是一陣反胃，他捂住嘴嘔吐起來。

疑惑地抹過唇邊，仔細一看，大驚失色。

竟然是鮮血！

手掌、指縫、雪地，如同潑墨一樣染上了點點殷紅的色彩。

腳一軟，他跪坐到雪地上。

為什麼？明明沒有什麼不舒服，為什麼會吐血？心裡這種糾結不明的疼痛，又是從何而來？

這個人，究竟是誰？

「寒華。」他輕聲地，低微地，就像嘆息一樣地念了出來。

風，突然停了。

四周一片寂靜。

白晝抬起頭，對上一雙眼睛。

烏黑、清冽、冰冷的眼睛。

修長的眉挑入了鬢角，像是要飛出來一樣地張揚。挺直的鼻梁下，削薄無情的雙唇淡淡抿著。

雪白的膚色，烏黑的頭髮，冰冷的俊美。

這個人……沒有一絲的溫度……

可是，無法移開目光，根本沒有辦法把目光移動半寸。

不知過了多久……

一個冰冷的，足以打碎世上一切溫暖的聲音在耳邊響起。

那人半瞇起了寒冽的眼睛，冷冷地說：「優缽羅。」

「不！」那否認，快得連白晝自己都有些吃驚。

寒華依舊毫不動容地問：「那你是誰？」

「我叫……白晝。」白晝？是嗎？為什麼自己的名字念來居然有點陌生？

寒華沒有追問，也沒有否認，只是看著他，用一種陌生的，拒人於千里的眼神。

「請不要那樣看著我。」就像……看著一個陌生的人……

只是個陌生的人……

「請不要……」心裡一陣絞痛，他捂住了心口，流露出了痛苦的表情。

舉手時，披風的帽子滑落下來。陽光下，一頭白銀似的長髮觸目驚心地溢出光華。

寒華的臉，終於有了一絲動容。

那一頭白髮，是這麼熟悉……曾經也有一個人，擁有這樣的滿頭白髮，有這樣一雙清澈的眼睛，總是帶著淡淡哀怨，追隨著自己的身影。

但那個人已經死了，灰飛煙滅，永不超生。

有多少年了？將近一千年了吧！

而這張臉，遠勝世間一切色相的美麗，不正是昔日彼界白蓮花臺上的淨善尊者？

但，優缽羅怎麼會有這樣的眼睛？一雙早在千年之前，就已經消逝在自己懷中的眼睛。

是誰?優鉢羅還是連無瑕?

轉世的佛陀,抑或是……殘留在世間的幻影?

一個振袖,白色的身影如同驚鴻翩然落下。

他一步一步走了過來,踏在雪上,沒留一絲痕跡。

白晝的心裡,沒來由地一陣慌亂。

離開吧!不要再見到這個人了!

他轉過身,近乎笨拙地奔跑著,狼狽地跌倒,狼狽地爬起,狼狽地奪路而逃。

寒華停了下來,腳前,是一灘鮮紅的血跡。

前方狼狽的身影,正跌跌撞撞地離開。

白色的長髮、黑色的披風,在風中掙扎舞動。

在一片潔白中,似乎就要消失了。

不過,你不要真的飛走了,我會害怕的。

就算真的飛走了又會怎麼樣?

我會抓住你的，我也會飛。

是啊！上窮碧落下黃泉，我和你早有誓約了。

「上窮碧落下黃泉……」近乎無意識地喃喃自語，等聽見了，他才驚醒過來。

這是怎麼了？為什麼……會伸出手，想要抓住……

寒華僵硬地收回手，從來七情不動的眼眸裡顯露了一絲慌張。

怎麼會？難道……並不是因為「纏情」……而是因為……

不！這不可能！怎麼可能！

遠處，黑色的身影湮沒於一片雪白之中。

風聲呼嘯。

兩種心思，一處因由。

不知跑了多久，白晝猛然停了下來。

為什麼要逃？

為什麼害怕？

他氣喘吁吁地跪倒在雪地上。

積雪冰涼，耳邊鼓動著的，是血管裡奔流湧動的血液。

為什麼而傷心？

是因為他冰冷的目光？

那又怎麼樣呢？那種漠視的目光其實也沒有什麼。

可是，哪怕白夜畏懼的神情，都不曾讓他這麼難過。

他只是個陌生人而已。

不認識的，根本就不認識的人！

白晝的心裡一陣煩躁。

指尖觸到了冰冷的液體，眼角看見了身旁那一片碧藍的湖水。

他轉過頭，水面上映出了一張驚惶失措的臉，蒼白而無助，唇邊凝結著暗色的血跡。

他深吸了一口氣，任由寒冷的空氣湧入胸中。

在水面輕輕一劃，無處宣洩的鬱悶從指尖奔湧而出。

遠遠近近，突然盛開了一大片的白蓮，瑩白翠綠，卻硬如冰石。

他自嘲地微笑，顫抖著站了起來。

白晝，你是根本不需要的存在。誰記得你，誰又在關心你？

你總認為，這個世上會有人在等待著你。其實，你一直知道，這只是一個藉口，一個你自己欺騙自己的謊言而已。

來到這個世上，是為了什麼呢？

他淒然一笑，腳尖踏入了冰冷的水面。

如果可以不要再痛苦，不要再難過，不要……再見到他……

如果……不再有來生……

死在長白山的冰雪裡，死在……沒有人知道的地方，一如……

水漫過了唇，漫過了鼻，漫過了眉眼……

死亡，只是這樣……

寒華所看見的，就是這樣一個場景。

漆黑的錦緞漂浮在潔白的蓮花中，依稀可以看見，那一縷縷纏繞的銀絲、那慘白無色的肌膚。

會死吧！

就算是佛陀的轉世，現在也不過是個有著異能的凡人。

如果他死了，和當年的那個人一樣，在自己的面前死去的話，會有再一個千年的平靜，或是……永遠的……

**從此，再也沒有這個人，沒有人會為你日夜相候，沒有人再對你一往情深……**

他不是連無瑕，而是佛前的尊者，連無瑕當然已經不在了，那優缽羅是不是要救？

湖中的人影慢慢下沉，寒華卻還沒有決定。

救，抑或不救？

竹屋，乾淨整潔，白紗及地，月光正從窗櫺中透入。

這裡是……

白晝抬手捂住自己的雙眼。

為什麼？非但沒有死，甚至……

怎麼辦呢？該以什麼身分面對……

良久，他放開雙手，淡淡嘆了口氣，環顧著四周。

清冷、死寂，就像這裡的主人一樣。

「你醒了。」白色的身影出現在門邊。

「嗯。」他含糊地應了一聲，低頭時看見自己身上潔白整齊的衣物。

「是閃鱗讓你來找我的？」

「對。」白晝心不在焉地答道：「謝謝你……救了我……」

寒華默默地看著他。

「我好多了。」那目光讓他心浮氣躁：「我馬上就會離開。」

「連無瑕。」寒華平靜地叫出一個名字：「或者，該稱呼你為無名？」

白晝起身的動作為之一頓，半垂下眼簾，近乎無奈地長嘆了一聲。

「就算你是上古之神，這麼問也顯得有些無禮。」他站了起來。

長髮如銀，飛揚高貴。

神情端莊，神聖雅潔。

寒華眸光一斂。

「剛才，我從眾生輪迴盤前經過，拾取了往生的記憶。」白晝突然笑了，笑得有一絲苦澀：「數千年前，我的確叫做優缽羅，是西天佛祖如來的座前尊者。」

那記憶，隨著他碰觸到輪迴盤碎片的剎那，像潮水一樣湧入了他的心裡。那樣地鮮明熟悉，恍似昨天才親身經歷。

「雖說諸天仙魔盡殆，這世上已經沒有仙魔道了，我卻投生到了這另一個世界的輪迴之中，也不知是幸還是不幸。但是……」白晝微側過頭，不再直視寒華：「至於一千年前那個名為連玉的人，請把他忘記吧！」

「你……」寒華似有所悟。

「九天諸佛在我入魔道之後，為了消磨我的力量，把我困入了冥界地府中的眾生輪迴盤。可是他們沒有料想到，我根基穩固，心志堅毅，雖然困住了我，但那千年一次的輪轉對我的影響微乎其微。在無計可施之下，佛祖用他的法力結成咒縛，把我一切記憶法力暫時消除，讓我的魂魄輪迴俗世，用七情六欲動我心念。」

白晝的神情帶著莫測高深：「連玉，正是我那一世的托生。也因為這樣，那一世的我，只是個毫無法力的凡人。」

寒華沒有說話。

「經過了那一生，果然令我意志動搖，在第二次的輪轉裡，我幾乎法力全失，魂飛魄散。」

白晝低頭看著自己的手掌：「也許是天意，在緊要關頭，眾生輪迴盤突然崩塌，我才僥倖逃脫，能夠轉世成人。一千年的那場事端，看來只是你我之間的情劫，現在，經過了那麼多年，你和我，也終於走回了自己的道路。」

「自己的道路？」寒華淡淡地否定：「你和我本來就沒什麼關係，我走的一直是自己的道路。」

「是因緣，我受了你的恩惠才能得成正果，我虧欠你的始終要還。我遇上了你，在法力全無的那一世，用逆天返生之陣以及我的性命還給了你。從那一刻起，就了斷了一切，你和我之間，不會再有任何聯繫了。」

「我不記得我和你有過什麼因緣。」

「是嗎？那也並不重要。」白晝彎腰一揖，朝他行了個古禮：「多謝你一千年前辭離相送。往事遙遠，我現在不是連玉或者無名，恐怕連優缽羅也不是了。世上什麼千萬年的恩怨，什麼神仙魔鬼已經和我沒什麼關係。在這個全新的世界之中，白晝只是白晝，希望你不要和人提起，就當只是見到了一個普通的凡人。」

「最後一句，是什麼？」寒華突然提問。

「最後一句？」白晝一愣，不知道他在問什麼。

「當年，連無瑕最後一句想說的，是什麼？」

白晝低垂眼簾，微微一笑：「只是到了今天，只能面對事實，你我碧落黃泉，不要再見了。」

說完，微微點頭，飄然離開了。

碧落黃泉，不離不棄……

碧落黃泉，不要再見……

寒華微微抿了抿嘴角，看著那白色的背影遠去。

人世間的情愛，真的是無常的幻影。人心，真是難以捉摸地陰晴難測，連司掌它的佛陀，也無法逃脫被玩弄的命運。

為仙，重於佛道教化，就無法勘破諸天神法。為魔，偏向執迷虛像，絕不會淡然宿世，放下輪迴前的舊事。這優缽羅，是仙也是魔，偏偏不是仙也不是魔，實在是耐人尋味。

「怪不得。」寒華難得有一絲玩味：「畢竟，孤獨園裡，根本容不下變數。白俗世來，當回俗世去。優缽羅，本來就只是俗世間的一種迷惘。」

白晝揚手招來一朵蓮花，踏足其上，御風飛行。

多少年了？這種法力，遺忘了多少年了？

困在眾生輪迴盤的這幾千年裡，這種法力又削弱了多少？

如果沒有看見他，想不起前生的種種，也無法得回這忘卻了的力量。

說來，寒華還是對自己有恩。

但，不該和他多談的，畢竟……

掉？

「唉——」他嘆息苦笑，抹去唇邊又一縷豔色。

三百年，並不是彈指之間，日日夜夜，相思斷腸，輕描淡寫地怎麼可能抹煞得

可是，那在黃泉裡，躺在忘川中的一千年，還是為人所離棄了。

「我已經無法再等了。」他回過頭，望向一片冰雪後的某個地方：「時間，不是我能夠挽留的。」

只是，到了今天，我也只能祈望，終有一日，你我能再逢於黃泉……

時是有涯，但相思可有盡處？

風雪過，斑斑泣血已無痕……

# 5

二〇〇九年三月。

「等一下，白夜。」白晝叫住一路小跑向樓梯方向的妹妹。

對方瑟縮了一下，依言停了下來。

「我已經幫妳聯繫好了學校，下個月妳就去國外讀書。」

「嗯！」低頭走了兩步，才意識到自己聽見了什麼：「國外？」

「寄宿學校，讀完學位才准回來。」

「大哥，我可不可以……不要去？」白夜一邊說，一邊注意著他的臉色。

「為什麼？」

「我不想……不太習慣……」

「不行。」白晝難得這麼專制地說話：「這種理由我不接受，去把妳的護照拿來，我們這就去辦申請手續。」

「不要，我不會去的！」白夜又驚又怕地瞪著他。

「不去？不去妳能幹什麼？以妳現在的成績，連最差的私立大學都考不上！以前一直由著她隨心所欲，可年紀大了，總不能任由她無節制地放縱下去。「別以為我不知道妳的交友狀況有多麼『良好』。那間女校出了名地校風嚴謹，是時候讓妳收收心了。」

「我不去！我不要離開這裡，該走的是你才對！」在外頭嬌縱慣了的她忍不住忘了自己有多麼害怕這個大哥：「這棟房子和爸媽的保險金都是給我的，我已經十八歲了，有權決定自己的事。你才是不應該留在這裡的人，我不要聽你的！」

「我說了算，去拿證件。」白晝不理會她的大呼小叫，轉身往門外走去。

「我不去！」白夜往二樓跑去。

「白夜。」

白晝的聲音低沉，讓她的心一震，乖乖地停下了腳步，怯怯地回過頭來。

白晝站在門口，平時溫和的表情被陰冷代替，襯著他完美的五官、銀色的長髮，說不出地令人心寒。

「別惹我生氣，白夜。我最近正缺少耐心。」他一個抬眉，茶几上的花瓶無故地滾落到了地上，卻偏偏沒有摔碎，在大理石地面上發出脆弱的聲響。

冷冷一笑，他往門口走去，也不管白夜嚇得跌坐在樓梯上。

「寒華，你的絕招挺管用的。」他勾起嘴角，輕鬆地自言自語。

豔陽高照，不知……長白幻境，是否依舊寒風刺骨。

長白幻境，依舊是寒風刺骨。

那個人，也依舊憑高俯視。

「叔叔。」遲遲疑疑地，有一個小小的腦袋從大石後面探了出來。

寒華瞥了他一眼。

「我想問……那個……他……」

「他下山去了。」寒華轉回頭，正好望著不遠處那一片凝結了似的花朵。

「叔叔你送他下山了？」閃鱗吃驚地望著那張永遠冷冰冰的臉。

「他並不是你想像中的普通人。」閃鱗畢竟年幼，根本看不出那隱藏在表面下紛亂強大的靈氣有多麼驚人。

「啊？」閃鱗歪著頭，聽不懂他影射的含意：「不是叔叔你……那他是怎麼下山的啊？」

寒華看了他一眼，擺明了不想解釋。

閃鱗向來懼怕他，當然不敢再多問，天知道他是鼓起多麼大的勇氣才敢靠近這裡的。

「下山去了啊！」他失望地自言自語：「太可惜了，那樣漂亮的新娘子很難找的呢！」

寒華聞言又看了他一眼，眼中有著少見的疑惑。

「七哥說，吻過的睡美人，就是我的新娘子了。可是，他沒有說要是吻過了以後，新娘子跑掉該怎麼辦啊！」他向長輩請教：「叔叔，你說我是不是應該去找他啊？」

太淵還是這麼無聊，居然灌輸這種荒謬的念頭：「你吻了他？」

「是啊！他睡著的時候好漂亮呢！嘴巴軟軟的，又很香……」還沒說完，突然之間被埋到了一大堆的積雪中間。

「叔叔！咳咳！咳！雪崩……」閃鱗好不容易爬了出來，卻不見高處的那抹白影：「咦？叔叔呢？」

天氣好好的，怎麼會雪崩呢？好奇怪啊！

寒華站立在湖面上，腳下，一片碧綠潔白的蓮花。

原來，連無瑕不是凡胎，怪不得那時，總是測不到他的累世。

優缽羅執掌世間人心，也依仗著世間的人心。如今此世界神明所剩無幾，他雖然得以轉世，但絕對無法和當年的優缽羅相比了。說到底，從眾生輪迴盤中逃脫的他，不過是個有著法力的血肉之軀而已。

白晝只是白晝，是優缽羅耗盡心力的托生，應該也是最後一次的……他的長袖拂過，蓮花化為晶瑩水霧，落入一片碧藍。

抬頭仰望，天空澄澈。

一千年前的天空……似乎更為明亮一些的……

至於一千年前那個名為連玉的人，請把他忘記吧！

你我碧落黃泉，不要再見了……

手一揮，水氣匯聚，在他身前形成了一個透明的形貌。

眉目清雅，溫文端正，終日裡帶著淡淡的愁意。

他的頭髮，原本是烏黑的，不是嗎？

還記得他初到長白幻境的時候，住在池邊竹舍裡的那些日子，總是悠閒自得地整日裡彈琴、賦詩、自弈、睡在花叢。

可是，三百年後的那匆匆一面，他絕望憂愁，笑起來總是帶著憂傷。

經過了那樣的折磨，為什麼直到最後一刻，他依舊說了不曾後悔這樣的詞句？

「為什麼？連無瑕，你明知道神魂毀滅會令你永不超生，卻依然那麼做了？如果你不是優缽羅的轉世，恐怕早就散失在天地之間。為什麼……只是因為那一段虛假的情意嗎？」

水氣凝成的幻影當然不會開口回答，只是靜靜地和他對望。

其實這些話，在很久以前，他已經問過了。

那個答案，到了今天也得到了。

可是，對於他來講，那一切依然是個謎團，也不可能會有答案了。

這一世，那個人已經不再是連無瑕，優鉢羅對於前世的淡然，說明他早已看破了那些久遠之前的執念。

優鉢羅只是一種迷惘，順應天意生成，沒有太多「自我」的欲望。

三千微塵裡，吾寧愛與憎？

這一句才是佛陀的妙語，無我的境界。

展開眉宇，他定神看向自己用法術造就的人形。

「我還是不明白。」語氣難得地有著輕柔：「但我知道，你想要的，我身上沒有。」

那形貌微微一笑，散落成漫天星屑。

長白幻境，依舊是寒風刺骨。

二零一二年五月　巔峰學院

「所以，孢子壁……」

他低沉的聲音突然停了下來，整個教室隨之安靜。

所有的目光集中向他。

「啊！下面大家就開始自習吧！」他點了點頭，放下手中的書本，取掉領帶上的麥克風。「今天就先到這裡！」

看著他有些匆忙的背影，被留下的學生面面相覷。

教授也太混了吧！這是考前複習，才上了十分鐘啊！

明天就是考試……

中庭花園。

「真是稀客！」在腦海中一刹那閃過的影像，正是這個地方，正是這個人。

太淵微笑著，帶著驚訝：「你有些不一樣了，白晝。」

「是嗎？」他在那人的對面坐了下來：「三年對我來說，已經是一段不短的時間了。」

「你看來過得不錯，那樣我們也就放心了。」太淵垂下了眼簾，語氣中明顯帶著無奈：「沒想到，最終還是要來打擾你……」

「你不像是會說這種話的人。」白晝解開了勒得有些緊的領帶。「是和惜夜待在一起的時間太長，連心腸都被他磨得軟了？」

太淵的臉色微微變了一變：「果然是這樣，你就是……」

「我從來沒有想過可以瞞得住你。」白晝靠在椅背上。「可是，這世界已經不同了，人們不再需要依靠我們，所以，我的存在與否更顯得不重要。這一世是上天憐憫我所惠賜的，我心裡除了感激，又怎麼能奢望太多？」

「你都說出這種話了，應該是猜測到了我的來意。我今天之所以會來，實在是迫不得已，我已經竭盡心思，無計可施了。」他突然有點心虛起來。

白晝輕輕點了點頭：「你希望我做些什麼？」

「你並不一定要答應。」

「先說來聽聽吧！」

「我需要三片優缽羅花的花瓣，作為藥引。」

「藥引？」白晝抬了抬眉。「為了誰？」

「翔離。」

「果然……」白晝微笑：「我說是誰，算算日子，絳草的效力的確是到了該枯竭的地步。」

「我絕不是要勉強你，你不答應完全是有理由的。」

「救人於生死，我有什麼理由拒絕？」

「可是，優缽羅花的花瓣等同於你的元神，一旦失去，那會令你……」

「那有什麼關係，只是三片花瓣而已，優缽羅花花開千瓣，千分之三實在算不上什麼。」

「那會令你加速衰竭，你已經仙氣微弱，依靠元神支撐。這樣，等於是……」

「太淵。」白晝打斷了他：「就算是，那又怎麼樣呢？連我自己也不知道我究竟還能活多久，與其死後元神散失，不如趁還有些可用的地方，給你們一個希望。」

「可是……」

「太淵，你看見了嗎？」他不自然地碰觸了一下自己的頭髮。「這麼烏黑的頭髮，我已經有很多年沒有過了。我的仙氣漸漸消亡，再過不久，我就算想要幫忙，恐怕也有心無力。」

「這麼快……」

「你會向我開口索取，我心裡是高興的。在很久以前，我們兩個還稱得上是舊相識，你的性格我多少有些瞭解。換作以前，你不會這麼猶豫，但你現在猶豫了，代表你終於肯真正把我看成了朋友。」

「朋友嗎？」太淵靜靜地望著他，似乎看到了滿池的白蓮，以及在池畔微笑著的通透神明。「我本不配稱作你的朋友。」

「也對！」白晝出人意料地同意了：「你的確不配。」

沒料到他會這麼說的太淵倒是一愣。

「你和惜夜這麼親密，他稱呼我為父親，論輩分你可和我差了一截。怎麼還說是朋友呢？再怎麼算也稱得上是親人了。」

「親人？」

「共工、熾翼、太淵、蒼淚、寒華，在你們心裡，都希望翔離能好好地活下去。我只是盡一些小小的心力，就能達成這麼多人的期望，又有什麼理由不去做呢？」

「說來說去，我依舊是個自私的人吧！」太淵苦笑。

「生有何歡，死又何憾？」白晝抬頭仰望：「謝謝你來找我，因為我有些累了……早一些……也是好的……」

「你為什麼一直站在這裡？」

「不為什麼。」

「縱然是再美麗的景色，看了這幾萬年，你難道不覺得厭煩嗎？」

「不覺得。」

「我總覺得有一件事，困擾了你很久，不過最近卻又有些不同，但你為什麼還是這樣呢？」

「因為我不是你。」

「這個答案倒也特別。我們再怎麼以為自己有多瞭解對方，卻永遠也不能斷言，我們能像掌控自己一樣掌控對方。」

「你特地跑來長白山找我，就是為了說這些？」

「當然不是，我哪會這麼無聊？」

他終於回過頭來，明鏡一般的湖水映得他如冰雪一般寒冷。

「我是來告訴你，翔離的大劫平安度過了，連凡體也已浴火，脫胎重生。」

他點點頭，表示知道了。

「他讓我代為致謝。」太淵笑得有些奇怪。

「這一次和我無關。」他淡淡地回了一聲，轉過了頭去。

「那倒未必，要不是你，會是另一種結果也說不一定。」

等了半晌，也沒得回什麼反應。太淵暗自惱怒，和他來比什麼耐性，不是自找煩惱嗎？

「你不想知道，這世上還有什麼東西能幫得了他嗎？」他咳了一聲，自己接了下去。

「有嗎？」

「當然有，比如說，在如來的孤獨園裡，曾經生長過一種神物。世間有花，善心孕育，除了生生不息的優缽羅花，還有什麼能有這樣神奇的效力？」

凜冽的寒風，突然之間刺骨起來，夾著漫天的雪花，如針一樣扎人地呼嘯。

「和我有什麼關係？」

「如果要說長情，他還真是數一數二的。算起來，將近有一千年了吧！」

「不是為我。」寒華的語調一如剛才：「你不必套我的話，我對於他，從來都是一樣的。」

「你曾經覺得難過嗎？如果是你……遇到了他……一如當年的痴纏？如果你是他，你會不會覺得難過？」

「你也說了，一千年，連我也覺得長久，我又怎麼會知道，我會不會覺得難過？我不是他。」

「你真的一點也不記得了嗎？你曾經是那麼地深愛著他……」

「那不是我。」

「我不相信，難道在你的意識裡真的一絲也沒有殘存下來？你以為，那麼刻骨銘心的感情，真的只是用藥物就構築得起來的？真的完全不是你嗎？寒華上仙！」

「太淵。」他轉過身來：「你來找我，是為了什麼？」

「因為我們虧欠他的實在太多，我根本想不出怎樣才能做些彌補。你告訴我，怎麼做才能不受內心的譴責？」

「你什麼時候變得這麼多愁善感？」寒華冷冷地哼了一聲。

「當我發現其實我們這些看似法力無邊的神族，也逃不過隨著時間漸漸消亡的那一刻開始。」

「但我不是你，我不是水族，也沒有什麼血淚之軀。有感情固然不錯，沒有也不會有太大的區別。如果你是為了想要彌補他而來找我，我恐怕無能為力。」

「為什麼不試試看呢？寒華，我並不只為了他，同時也是為了你。」太淵勸他：「如今我們身在此界，也不知未來將會如何，何不索性順由心意活著？」

「他耗盡力量才促成這一世的轉生，想要永遠留下他的魂魄，怕是東溟也沒有這種回天之力。給予一個短暫虛幻的假象，又有什麼意義？」

「其實之前的我也一直這麼認為，直到前些天聽他說『生有何歡，死又何憾』，我才意識到，對他來說投生此界並非易事，他卻還是如此做了，內心必然是對你有所期待的。可是到了最後，他依舊只能一個人走完這一程。

「我知道你最為重諾，可為什麼偏偏罔顧自己當年對他的承諾？我一直在想，是不是你根本就不願意承認，你居然是真的動了情。」

「情？你認為我是有情的嗎？」寒華反問。

「天地萬物，盡皆有情。你又怎麼會例外？」

「其實我並不是完全不記得，可我見到了他，也沒有什麼特別的感覺，對他的存在消失，也沒有你們當時的那種介意驚惶。如此，也能算作是情嗎？」

「那是因為在你的意識裡，從沒有遇見想要珍惜的人，你不明白『失去』是多麼可怕的一件事。」太淵皺起了眉，解釋得有些辛苦。

「失去？我不明白。如果你指的是他，不算上今生，他早在一千年前就已經死去過一次了。那次，我可以稱為『失去』嗎？」

「我不是你，寒華。但有一點我很清楚，那就是他對你的心意，經過了那麼漫長的時間，一點也沒有改變過。」

「優鉢羅是佛陀，那份愛不過是他在塵世中的一種試煉。我不相信，他到今天依然不改初衷。」

那招來蓮花，回眸一笑的釋然，如果是太淵所說的情，又怎麼會那樣地清淺淡然？

「何況他自己也明白，當年所愛上的，不過是一個並非真實存在的幻影。」

「你還記得嗎？在一千年前，他寧願讓你永遠擺脫對他的痴情，也不願意自私一點。你想過沒有，那需要下怎樣的決心，然後多麼痛苦地去說服自己。那時的他，並不是一個佛陀，只是一個凡人，七情俱在，血肉之軀。

「他那麼做只是為了你，如果你擺脫不了情愛的束縛，又怎麼可能放任他為了你捨去生命？你要瞭解，傾心相愛不難，但那時的揮劍斷情不亞於揮劍自傷。那樣的愛情，是時間可以改變的嗎？」

「他沒有提過，那些前世的經歷。」那以為不足取的片段影像……原來，一千年前，竟真的早就與和他重遇了。怪不得熾翼每每話中帶刺，連蒼淚總也有些曖昧不明的話語。「他應該是記得的，卻也不提，不正是看淡了？」

「所以說啊！你還真是不懂他。」太淵嘆了口氣：「就算你知道又怎麼樣呢？你既然不能明白他為什麼會那麼做，講了也只是徒增傷心。」

寒華不再辯駁，眉頭卻沉了下來。

「他說往事已遠，今生不再是連無瑕，真的是在負氣？」他開口問太淵。

「是無奈吧！多麼熾熱的情遇上你這樣的冰冷心腸，也只有無奈放棄了。他心裡一定是極痛的，除了淡然些，你想讓他怎麼樣呢？如果會苦苦糾纏，那就不是他了。」

情到濃時轉為薄，寒華，你為什麼不懂？還是，你終究是仙，本就不懂人心中的情愛？

我是不懂，我只知，愛我所愛絕無怨尤。

說這句話的，是自己嗎？

那樣地驚惶失措，那樣地堅定無悔。

竟然，曾經說過那樣的話；竟然，曾經那麼地痴狂。

「他真的不會忘記，沒有改變嗎？」

「說句實話，從頭到尾，一直在變的，只有你。」優缽羅的性格註定了他的不幸，他極其透澈，偏偏又太固執，決定了的事絕對會堅持到底，哪怕違背本意，背上重罪也是一樣。

不論其他，就這一點，他和寒華還真是驚人地相似。

「太淵，你今天的話還真是不少。你走吧，我需要些時間。」

「你願意想想，已經很難得了。」太淵微笑，知道那一絲的困惑有多麼難得，不枉他耗費了這麼多口舌。「但是，請快一點吧！他的時間，真的不多了。」

# 6

他，不一樣了。

和記憶中的，甚至幾年前的他也不一樣了。

烏黑的短髮，讓他看來陌生了許多，多添了幾分成熟，少了那種驚世的眩目。

臉也一樣，依舊是那種完美的色相，眉宇間卻多了幾分滄桑。

但凡是人，都是會蒼老的。

這，也在情理之中……

但有些不習慣，那種帶著笑意，溫柔地如同和風一樣的聲音，和記憶裡的空曠虛無，一點也不一樣。

是什麼讓他改變了？是因為這個女人嗎？平凡的、在這世上如同不起眼的塵埃一樣普通的女性，能夠讓他露出那種神情嗎？他不是永遠淡然的嗎？他不是無欲無求的佛陀嗎？對一個人間的女子，為什麼會有那種如同……有情……的表情？

還是，太淵本來就在胡說，只是和以前一樣，開了個別有用心的玩笑……

但是為什麼？寒華，你為什麼要來？

難道，太淵空泛的推論讓你動搖……還是……你心中早已有了懷疑的存在？

你為什麼那樣看著那個女人？那不是珍惜、憐愛嗎？

還讓她用手整理你的頭髮？那不是只有我……

這個念頭一起，寒華的心中驀地一驚。

「謝謝。」白晝接過了保溫盒，指尖傳來的溫熱讓他心裡一暖。

「不用！」對方有些臉紅了，盯著自己的腳尖：「你最近身體不好，還是不要吃外面的東西比較好。」

「所以謝謝妳的細心。」他慢慢靠到身後的樹幹上。

眼角瞄到有人指指點點，她的臉更紅了，結結巴巴地應付了兩句就跑開了。

白晝的笑容慢慢停住，慢慢苦澀。

只是見過幾次面，不應該這樣接近的人，但……

她有一雙深邃的眼睛，烏黑得很特別，雖然不是那麼清冷，但看著，卻是另一種相似，如同……那種有著情意的……

他站直了身子，慢慢往操場走去，那裡的樹木較多，會讓他氣息順暢一點。

遠遠地，一群年輕的孩子在踢球，活力四射，只是看著就令人開心。

他把盒子放到一邊，坐了下來。

看著看著，有些目眩，他揉了揉額角，靠在樹上。

連陽光，也可以那麼刺眼。

多麼像一千年前，依附炙炎神珠的身體，為了平衡那種上古的神力，只能告別陽光，與冰雪為伍。

今天，身邊總環繞著一種冰雪的味道。

熟悉的……冰雪……

他猛地睜開眼睛，回頭看去。

在樹木林蔭間，有一個白色的身影。

他揉了揉眼睛，集中渙散的視線。

心裡一緊。

「是你。」他輕輕地說，覺得眼前像是一個日光織就的幻象。

「嗯。」

那種聲音、語氣，除了他，還能有誰？

「寒華。」這一聲，似嘆息，似怨懟，總有說不明的無奈。

他似乎總是這樣叫著自己的名字，聽來，似乎有著無邊的空曠疏離。

明明，是觸手可及的距離……

「你是為什麼而來呢？上仙。」白晝微笑。

這笑，虛無迷離，和剛才……

「你喜歡剛才那人？」寒華疑惑地開了口。

白晝抬起頭來，不解地看向他：「什麼？」

「你對她，似乎有著情意？」

白晝皺起眉，為他的問題感到困擾：「我和她……」

目光突然一閃，他改了口：「現在或許還沒有，但我會試著愛上。人總要尋個伴侶，不是嗎？」

「你要娶她？」寒華問得很不確定。

「為什麼不行？她雖然只是凡人，但我既然已經不是佛陀了，只要深得我心，攜手白頭又有什麼關係？」

是這樣嗎？

寒華看著他，兩人間瀰漫著生疏的沉默。

「無論如何，你曾經是佛陀，兼濟天下之愛與人世間的情愛多麼不同，這與你受奉的教義大相違背。」

「你錯了，寒華上仙，我不是什麼佛陀。世尊在授印點化的那一天就對我說過，優缽羅只是一種執迷。為佛者心中必澄明一片，而我雖能參透世情，得悟佛理，但我本身就是人心中的六欲七情。所以，縱然我被尊為佛陀，但在西天諸佛的心裡，我，只是一個特別的俗物而已。」

釋迦座前淨善尊者……對於彼界昔日的天庭佛土來說，這個稱謂是多麼尊貴不凡，而現在，這個稱謂的主人卻帶著無奈說出這樣一番話來。

「你們總說我是世間最通透的神明，執掌世間萬千人心，我卻不認為我有多麼透澈。我能夠一眼望穿旁人的心思，卻無法從根本上改變人心中的痛苦。世尊所說的理想世界，我根本無能為力。」

白晝一陣苦笑：「你又知不知道，我是為了什麼才堅信自己偏離了佛道，離開白蓮花臺，被困在眾生輪迴盤裡？」

寒華緩緩地搖頭。

「是為了翔離……當年太淵來到了白蓮花臺，要我插手他和共工之間的仇怨。以我的個性當然不會答應，可是到最後，我還是答應了。」

「為了什麼？」

「我看見了翔離心中堆積了無數的痛苦，是那麼地刺骨錐心，只是看了一眼，連我的心也開始隱隱作痛。太淵真的是個很聰明的人，他知道論佛法道理絕對辯不過我，而我唯一的弱點，就是對這執著之心的迷惑。最後我雖然在翔離心裡為他找回了一絲神志，但也受到他執著的情感所迷惑，失去了無求無礙的佛心。」

原來，當年是他救了將死的翔離。

「起死回生不難，難的是尋回心中求生的欲望。太淵也明白，我可能是唯一可以打動翔離的人，所以……」

所以，是他毀了優缽羅的佛陀之心。

「其實如果我不願意，他又怎麼能夠強迫我？我之所以會墮入魔道，是因為我心裡對自己的信仰早就起了疑惑，他只是讓我肯定了自己的想法而已。」

「疑惑？」

「在許多年以前，在我和太淵認識以前，就發生過一些事，從那以後，我的修行，包括法力和佛理早就停滯不前。其實優缽羅早就入了魔道，繼續留在白蓮花臺，是因為我和人有過約定，在我沒有真正明白自己想走的路以前，必須留在那裡，不能離開。」

「你早就不是佛陀了？」就算是寒華，也是微微一驚。

「對，很久以前，從我知道佛法並不能填平失去的痛苦開始，我的心就動搖了。所以我的心裡，早就沒有了什麼兼濟天下之愛。」

白晝把頭轉了過去，陽光投射在他烏黑的髮上，閃出點點光芒：「我只要一份自私的、微小的人間情愛。只要能守住這一點執著的心，哪怕只是一個眨眼的時光，對於我來說，也就足夠了。」

優鉢羅早就消逝了，白晝，不過是一個執著自我的凡人。

不知為什麼，寒華有一些不安。

你不明白「失去」是多麼可怕的一件事……

這一千年的距離，把大家阻隔得太遠。這一刻的白晝，比任何時候都要來得陌生。

如果站在他面前的不是自己，而是另一個「寒華」，他也能這樣平靜地訴說這些嗎？

只怕，也是一樣的。

沒有了……

他的心裡，已經失去了希望。他對於「寒華上仙」不是無情，而是太過失望了……

「是我虧欠了你。」這是寒華所說出過的，最接近於道歉的話了。

突然地，一股憤怒湧上了白晝的心頭。

如果寒華一如既往地冷漠倒也罷了，可偏偏說出這種帶著憐憫的字句，這讓他怎麼甘心？

他猛地轉過頭來，臉上有著抑止不住的怒氣：「寒華，你以為千年的時光，只用一句虧欠就能敷衍過去嗎？你以為我會需要別人的可憐？收回你的話，然後離開。這裡是汙濁的塵世，根本配不上你，回到你的長白幻境，當你沒血沒淚的神仙去！」

白晝這一番話說得聲疾色厲，少有地色形於外。

寒華一愣，不明白他為什麼突然之間這麼失態。

看見寒華微沉的神色，白晝的心又一酸，柔軟起來。

「寒華。」他微不可聞地低嘆了一聲：「我們早就告別過許多次了，真有什麼愛恨情仇，對於現在的我來說，已經沒有精力再去糾纏了。我只是想安安靜靜地走完這一程，你放過自己，也放過我吧！回長白山，過你長生不老的日子，由著我過我凡人的生活，好嗎？」

「你對我的情意，是不是從沒有改變過？」寒華抬起了眼睛，定定地看著白晝。

白晝愣住了，愕然地回望著他。

「這一千年，你是不是從來沒有忘記我們之間的種種？」寒華追問。

白晝眨了一下眼睛，目光偏向一旁。

過了很久，他迷離的目光才又落回了寒華的臉上，看進了他滿是堅毅的雙眼。

那如冰雪一樣的眼神……

「如果你堅持想知道的話。」白晝近乎自嘲地微笑：「不錯，從開始到現在，整整經過了將近千年，我對你，從來沒有改變過。雖然明知這是一點好處也沒有的事情，可是，我沒有辦法管束自己的心。這種盲目的愛戀，想來還真是可笑呢！」

「哪怕，我已經不可能變回那個樣子嗎？」

「不！其實並沒有太大的區別。寒華還是寒華，只是以前對我有情，現在沒有罷了。」他輕撫著自己的胸口，淡然地說：「我始終認為，一切只是天意弄人。我有緣遇上了你，卻沒有緣分和你長相廝守，世間這樣的例子實在太多了。你我之間，不存在誰虧欠了誰，只是命裡註定了要錯失對方而已。」

「跟我回長白山吧！」

白晝的笑容一瞬間僵在了唇邊，下一刻，鮮血肆意地從他嘴裡湧了出來。捂不住的猩紅色從指縫之間滿溢，濺到了白色的襯衫上。他彎下腰，草地上頓時也有了點點紅斑。

不知道為什麼，他似乎總是在受傷，總是嘔血，總是在自己的面前……

等到寒華意識到自己做了什麼，他的手已經扶住了踉蹌的白晝，潔白的紗衣濺到了血色的紅痕。

依賴著寒華的扶持，白晝擦去了漸漸停歇的血漬，目光移到了扶住自己的那雙手上。

修長潔白、堅定有力的手，穩穩地支撐著自己的身體。

這雙手，曾經誓死護衛過自己，更曾經親自扼殺過自己，曾經熾熱，曾經冰冷，這一回又是什麼？

「你還沒有聽明白嗎？請你不要這麼殘忍，放過我吧！」他近似絕望地低語。

「這個渾濁的世間只會讓你的力量加速消散。跟我回長白幻境，你能活得更久一些。」

「活得更久？那有什麼用呢？寒華，活著對我來說，已經變成了一種煎熬。你不明白，我在這種煎熬之中活了多久，在冰冷的忘川裡……」

說到這裡，他忍不住打了個冷顫：「被遺忘了一千年，整整的一千年。我很清醒，身體還有感覺，睜開眼睛也能看見，卻沒有辦法說話，沒有辦法移動半寸，你不可能知道那有多麼可怕！

「有時候，我實在怨恨自己不是個凡人，你看他們，來了又走，走了再來。這一生，下一世，多麼地涇渭分明。」

他輕輕地掙開了寒華的手掌，仰頭望向天空，那藍天泛著刺目的白，沉默地俯視著世間。

如果時光可以倒流，如果能和諸天仙魔共亡，倒也不失為一件美事。

如果，能夠不遇見這個人啊……

「太淵說，我不懂得什麼叫做『失去』，才會無視於你的存亡。我的確是不明白，你心裡那些依戀、絕望、痛苦，都是為了什麼。但是，在我活過的這些年，你是和我牽扯最深的人，再怎麼說，我也不該無視於你的存在。

「和我一起回長白幻境，這個世間更不適合你。如果真的像太淵說的那樣……我會盡力去想……」寒華說得語焉不詳，像是不知道怎麼表達才更好的樣子。

那有些困惑的樣子，打動了白晝。

寒華，原本就是不善表達的人。

「你不必理會太淵說了什麼，你是無情無欲的神仙，本來就不需要懂什麼情愛。對於我來說，最重要的已經不是你愛不愛我，而是你能按照自己想要的方式生活。哪怕平淡無情，那也好……」

「為什麼？」

「無求的心裡一旦有了情這東西，恐怕就再也找不回平和寧靜了。」白蓮花臺上的優缽羅已經不復存在，長白山上的寒華卻依舊是當初的模樣。

說是私心也罷，寒華如果一直是這種模樣，也好！至少，這世上不會有能夠打動他的東西，為他痛苦了千年的心，多少也覺得甘願了。

寒華輕輕皺起眉頭，顯然不明白他話裡的含意。

「你是說，你不跟我回長白山？」

白晝輕輕點了點頭。

寒華有些不悅了，他這一千年間所說的話加起來，也不如這片刻的多。

在山下才待了短短的一刻，連他也覺得自己浮躁起來。

「我走了，你想好了再決定。」他半垂眼簾，袖袍……

「等等！」白晝一把抓住了他的衣袖。

寒華停下動作，不解地看向他。

「還是不要在這裡施法比較好。」遠遠地，有不少學生在看著這邊，寒華突然平空消失的話，會令他很傷腦筋。

「白教授。」有人跑了過來。

是剛才走開的那個女孩。

「怎麼了，還有什麼事嗎？」白晝下意識地走到寒華面前，遮擋一些視線。

「剛才我忘了……」抬起頭，卻看見了另一張臉。

過分烏黑的頭髮和眼睛、雪白的膚色，這是一張散發著冷冷寒意的俊美面孔。

就像是……古代傳說中的劍仙……

「這位是……我的朋友。」白晝略帶而過：「妳忘了什麼？」

「我忘了把調查表給你。」越看，越覺得這個男人……好冷，是那種看他一眼，就會一路從眼睛結冰到心口的寒冷。可越是這樣，偏偏越是讓人無法移開視線。

「謝謝妳。」白晝局促地接了過來。

她眨了眨眼，不明白自己為什麼會有一種奇怪的感覺。

這兩個人……

「妳怎麼了？」白晝看出她的恍惚，輕輕喊她。

「那……我先走了。」她有點緊張地道別。

白晝點點頭。

「我……」

「還有事嗎？」白晝疑惑地看著她。

他在察覺到寒華到來的那一刻，就已經使用了幻術。她所看見的應該不是寒華原本的衣著打扮，為什麼還會這麼驚訝地看著寒華呢？

他忍不住轉過頭看了看，有些後悔沒有改變寒華的容貌。

手背突然碰觸到的微熱嚇了他一跳，他迅速地回過頭來。

「怎麼了？」他有些驚異地看著這個平時羞澀的女孩，第一次主動地握住了他的手。

「白教授，晚上……我們一起……看電影……」說到後來臉又紅了，乾脆又低得無影無蹤，只留下頭頂供人觀看。

白晝先是愣了一愣，而後笑了。

「好。」他笑得極盡溫柔，話語裡卻很堅定。只讓人覺得，哪怕今天是世界末日了，他也一定赴約。「今天晚上我請妳看電影。」

她吸氣的聲音是那麼明顯，令白晝不禁莞爾。

她慌慌張張地走了，姿勢比剛才更加僵硬有趣。

女性，真的是很可愛……

白晝帶著微笑轉過頭去，卻一愣。

不知什麼時候，寒華雪白的身影已經消失不見了。

環目四顧，這片天地竟然這樣地空曠無邊……笑容一分一分地在臉上僵住，他閉上眼睛，只覺得滿心的空虛疲累。

「寒華……」心中眷戀，卻永遠沒有辦法再靠近的那個人。很快地，連再看他一眼也是奢望了……

突然間，心頭一陣絞痛。

他蹲了下來，環抱著雙臂，整個人止不住地發抖，蒼白的唇色像死人一樣可怕。

「不行，你不能出來！」他捂住胸口，臉上流露出痛苦的神色，嘴裡不住地自言自語：「你絕對不能出來，就要結束了，我不能讓你……」

指尖深深地掐進了自己的皮肉，他忍不住悶哼出聲。

「教授，你沒事吧！」在另一頭踢球的學生看他不大對勁，跑了過來。

他猛一抬頭，那樣子嚇了所有人一跳。

「走開！」他惡狠狠地低吼。

學生們不由向後退了幾步，沒敢伸手扶他。

「對了，太淵，去找太淵……」他勉強地站了起來，口中說道：「霧來。」

一時間，剛剛還熱力四射的太陽被烏雲遮蓋，昏暗的天色還伴隨著不知從何而來的濃霧，四周伸手不見五指。

「教授不見了，教授呢？」在一片驚呼聲中，有人發現白晝不知所蹤。

整個場面一片混亂。

# 7

「怎麼了？」熾翼驚訝地看著從沙發上猛然站起來的太淵。

「有人闖入煩惱海。」太淵的臉上少有地布滿了凝重。

「是什麼人？」熾翼皺起了眉。

很少看見太淵露出這樣的表情，來的會是誰？

「氣息強大雜亂，我怕這人來意不善。你法力還沒有完全恢復，就留在屋裡，別讓我分心了。」

熾翼雖然不太樂意，還是點了點頭。

太淵穿上外衣，開門走了出去。

熾翼站在窗邊，遠遠地看著，還是不怎麼放心。

是什麼人，會讓太淵這麼緊張？

太淵慢慢走著，心裡的驚奇又擴大了好幾倍。

這是什麼香氣？

像是夜霧中的一陣微風，又彷彿春日山林裡的一縷陽光。

似聖潔，似誘惑；如真切，如虛幻。

太淵心念一動，暗叫好險。

連他，也在一剎那之間，都不禁為了這絲香氣而動搖。

這味道，竟然像是在什麼時候聞到過，卻又陌生得很……

繞過了一片林木，再往前走就是池塘。

香氣，從這裡開始散發……

他不再猶豫，撥開樹叢走了過去。

眼前的景象，讓他為之愕然。

朵朵白蓮碩大無比，開滿了這座不小的池塘。

在池子的中央，有一個穿著白色衣服的人赤著腳站在水面上，靜靜地看著月光為自己製造出的倒影。

「優缽羅。」太淵喃喃自語，不敢相信自己的眼睛。

「太淵。」那人抬起了頭，半挽起的長髮烏黑亮麗，直披散到水面，分外奪目。

這件白衣、這種佛髻，甚至手腕與腳踝上的金飾，不正是優缽羅還侍奉佛前時的裝扮？

這真的是優缽羅，他所熟悉的、入魔前的佛前淨善尊者！

「你和我自從白蓮花臺一別後，這還是第一次單獨見面吧！」優缽羅舉手投足之間，輝映著月色浮動，比起轉世過後的白晝，多了幾分超然物外的聖潔。

「這不可能，你明明……」太淵被弄糊塗了。

「我來找你，是想求你一件事。」他平和地在水面上踱起步來。

「什麼事？」姑且先放下這已經亂成一團的前世今生，眼前這個以當年面貌出現的優缽羅表面平靜，但周圍的氣息狂亂不安，足以令人生疑。

優缽羅細長的眉慢慢地皺了起來。

太淵不由得小小退了半步。

在認識後的幾千年時間裡，他從來沒有見過優缽羅皺眉。杜絕了貪嗔痴狂的佛陀，是不會皺眉的。

「請你殺了我，太淵。」

就算有了心理準備，這個要求還是太令人震驚了。

「什麼？」太淵不敢相信自己的耳朵。

「請你立刻動手，殺了我的肉身。」優缽羅面向他，臉上一派端莊嚴肅。

「為什麼？」太淵疑惑地問，直覺內情絕不簡單。

「你不殺我，我會毀了這個人間。」優缽羅淡淡地說道，那種滿不在乎，就像是一個他完全不認識的人。

太淵的神情一瞬之間轉換了幾種，最後，他選擇微笑：「想死的話自己動手不是更好嗎？我可算不上一個好劊子手。」

「不行，我做不到。」低垂著眉目，他就像一尊寺廟裡受著香火，憐憫眾生的神像：「我們曾經受過佛祖點化加持，無法傷害自身。能真正殺了他的，只有你手裡的『毀意』。」

太淵的神色一凜，隱約想到了什麼。

「反正我的肉身也拖不了多久了，但是如果你下不了手，我怕……會落得難以收拾的局面。」優缽羅轉動手腕，指間又開出一朵白蓮：「如果你下了手，你今天所做的，會是行善而非為惡。」

太淵正要開口說些什麼，卻被眼前的異樣阻止了。

優缽羅手掌上的潔白蓮花，竟一瓣一瓣地染上了顏色，一剎那，變成了一朵純黑色的花朵。

「太淵，你的猶豫會鑄成大錯的。」他將花朵放到眼前，低嘆了一聲：「這果然……是命運嗎？」

「難道說……」太淵猛然地驚醒了：「你是……」

「就像你所想的，除非你現在就殺了我。」他放下黑蓮，任由它在腳邊浮動：「我的心裡沒有善惡，沒有記憶，什麼也不會再有。優缽羅早就已經死了。」

「這……怎麼可能……」

「我曾經犯了罪，無法求得饒恕的罪。」優鉢羅神態安詳：「所以，上天給了我最大的懲罰，我唯一想要永遠擁有的東西，卻永遠地失去了。」

太淵突然間眸光一斂，殺機乍現。

優鉢羅在說完這一句以後，臉上有了怨恨。那從沒有在他臉上出現過的神色，可怕得令人心驚。

「太淵。」他側頭看了過來，勾起嘴角，笑容裡帶著七分惡意。

如果一擊不中……

太淵手一揚，頃刻間多了柄光華四溢的長劍在手。

誅神，毀意。

「對不起了，我不能冒這個險。」真要動手的這刻，太淵不禁有了一絲難過。

優鉢羅直勾勾地看著他的眼睛，微微地動了動嘴唇。

太淵瞇起眼，一劍疾刺……

「不——」一聲尖叫加入了進來。

太淵一時大驚失色，可是劍勢太急，想收已經晚了。

眼看著……

「叮——」

那聲音清麗高亢，宛似一聲龍吟。

世上無人能攖其鋒的誅神劍，竟然被兩隻手指輕輕一彈，就這麼止住了去勢。

那手指結成了蓮花印，在冷冷的劍光前皓白如雪，宛如玉砌。

太淵愣了一愣。

「太淵，你在做什麼？」熾翼被護在了一個白色的懷抱之中，一臉不解地看著太淵：「為什麼要殺他？為什麼……」

「不得不殺。」太淵皺起眉，他為了引偏劍氣，本身受了不輕的反挫。

「你很會挑些緊要關頭出現嘛！」倒是伸手救了熾翼的人，言語裡毫不在意，一副談笑風生的樣子。

「白晝你……」熾翼回過頭，然後不著痕跡地離開那個懷抱。

那人的手一緊，攬住了他的腰。

「怎麼這麼見外啊！惜夜。」

那一聲「惜夜」讓熾翼一愣，再度被他攬到了身邊。

那人托起他的下顎，笑得十分璀璨。

那張臉依舊是世間僅見的美麗，只是那種神情……不是聖潔，沒有平和，而是迷惑人心的引誘。

那微笑，懶洋洋的，卻忍不住讓人心跳加速，連身後烏黑的長髮，似乎突然之間有了自己的意識，隨著夜風，像最最輕薄的絲緞一樣在空中舞動起來。

熾翼愣住了，不知道究竟發生了什麼事。

太淵轉眼已經恢復了常態，卻是笑得有點勉強。

「好久不見了，七公子。」

「好久不見。」太淵打了個哈哈。

「今日見你七公子風采依舊，身邊更有傾心相愛之人相伴，真是讓我眼紅啊！」

冰冷的手指輕撫過熾翼的面龐，鮮紅的嘴唇半抿，似笑非笑地勾起一種詭異的氣氛。

「尊者過譽了，我不過就是個俗人，怎麼敢當。」

「尊者？」聲音裡的笑意更濃了：「你是在取笑我吧，我怎麼配得上這種稱呼呢?能配得上的，只有優缽羅這個名字。你叫我昆夜羅就行了。」

「昆夜羅?」太淵輕輕念著，嘆了口氣:「沒想到我們認識了這麼多年，直到今天，我才知道了你的名字。」

「你是誰?」熾翼掙扎起來，意識到這個人並不是自己認識的那個白晝。

「七公子啊，你實在是太粗心了，怎麼忘了為我和赤皇大人做個介紹?我可是仰慕了他很久的。」

「熾翼，這位昆夜羅……算是優缽羅的另一半神魂，你也知道他……曾經有一段特別的過去。」

「另一半?」熾翼抬頭看著那人，分辨出和白晝無一絲相似的神情:「什麼另一半?我看這根本就是另一個人。」

太淵一愣。

「不愧是火族赤皇，只打個照面，居然已經分辨出我和優缽羅的不同。」昆夜羅笑得十分開懷:「反倒是七公子，你不過是因為當年看見我和如來辯禪，就一心把我當成優缽羅入魔以後的樣子。其實優缽羅不是昆夜羅，昆夜羅和優缽羅也不是一體的。」

「什麼？」太淵愕然反問：「你不是優缽羅衍生的魂魄？」

「哪裡有那麼複雜？」昆夜羅撫摸著自己的臉：「不過就是幾千年以前，為了有足夠的能力得到佛前尊者的地位，優缽羅打敗了我。我寄居在他的肉身裡，成為他力量中的一部分，但我仍然是存在的。在這個肉身裡，容納著兩個不同的靈魂。」

「那為什麼連玉的那一世，直至身死你也未曾出現？」太淵上下打量著他。

「原因很簡單，因為那一次，優缽羅的力量以及我的意識一同被如來用他的法力結成咒縛，困在了眾生輪迴盤裡。」昆夜羅微側過頭，竟然像在嘆息：「七情六欲果然是十分可怕的東西，優缽羅這麼深厚的修行與堅定的禪心，居然在短短的三百年裡，就消磨殆盡了。」

「那你昆夜羅，又是什麼人？」熾翼微仰著頭，帶著戒備。

「問得好！赤皇大人，其實你現在看見的，與其說是優缽羅的模樣，還不如說是我的。」他低著頭，看著水中自己的倒影，笑著說：「在多年以前，我的臉、我的頭髮、我的樣貌，和你眼前看見的這個樣子，並沒有任何分別。」

「難道……」太淵驚訝地問：「你和優缽羅……」

「我們的樣子沒有什麼太大的不同，只除了，他的頭髮……是白銀一樣的色澤。」昆夜羅用手撩動自己烏黑的長髮：「你也想到了吧！我們根本就是一條藤蔓上的兩朵花，白色的優缽羅還有黑色的昆夜羅，我們，本來就是同根而生的兄弟。」

太淵和熾翼同時大吃了一驚。

這個人，居然是優缽羅的兄弟！

「不過，請不要誤會了，雖然我們生長在同一條枝蔓上，但是，我不是什麼世間善心孕育出來的東西。如來曾經稱呼我為『惡之花』，佛道的說法，人因迷惘而有惡，昆夜羅，就是人世間的迷惘孕育的花朵。」

「你想怎麼樣？」熾翼看著他：「我不管你是善是惡，我只想知道優缽羅呢？既然你現在有了這個身體，那優缽羅去了哪裡？」

「赤皇，你還不明白嗎？只有善死，惡方會生。現在，我擁有了這個軀體，那麼優缽羅當然已經死了。我沒有因為他死而消失，那就代表，他已經神魂俱滅，再也不會出現在你的面前了。」

看見太淵張嘴，昆夜羅立刻打斷了他：「這一次，和當年他因為翔離心智混亂，靈魂暫時沉眠完全不同。就像死在誅神陣裡的上古神眾一樣，優缽羅已經灰飛煙滅，永不超生了。」

「怎麼會……」熾翼的神情抑制不住地慌張起來，太淵的臉色也有些難看。

「他真是愛操心，自己都快消失的時候，還想到這個世上的眾生以後恐怕會被我糟蹋，拚著最後一口氣，也要把我一起毀了。」昆夜羅搖頭大笑：「真是太好笑了，不是嗎？」

太淵和熾翼當然笑不出來。

「你的法力遠遠超過當年的優缽羅，為什麼會是你寄居在他的體內？」太淵的神情極不自然，尖銳地問道。

「這個嘛……是祕密。」昆夜羅眨了眨眼睛。「不過，你們放心吧！我再怎麼無聊，也不會對這個奇奇怪怪的『此世界』有什麼興趣。要做的事情那麼多，我也沒打算耗費我的時間和法力。」

說完，他長眉一挑，順手把一直抓著的熾翼凌空拋了出去。

太淵身形移動，穩穩把熾翼接在懷裡。

他那種一閃而逝的寬心，沒有逃過昆夜羅銳利的眼睛。

「你變弱了，七公子。」昆夜羅低眉淺笑，太淵的心微微一驚。

「不知道是哪裡讓你這麼覺得呢？」太淵把熾翼護到身後，表情沉穩地問道。

「我和你在三千五百年以前，曾經匆匆地見過一面。那一次見面之時，我對你可是印象深刻。在場的滿天神佛，只怕沒有半個看得出你七公子是多麼可怕的人物。那種唯恐天地不亂的野心，為達目的不擇手段的行為……多少令我覺得心存忌憚。」

他又挑起了眼睫，笑得令人心寒：「可是現在的你，不過是個為了情愛，磨盡了雄心壯志的太淵。你吞併天地的野心呢？那種為了一己私欲，設計誅殺自己父親的狠毒去了哪裡？」

「只是因為我想要的，從來不是什麼天地共主的地位。我真正想要的，並不是那種只要敢想，就有可能實現的東西。那時的我不過是一直陷在自己編織出的羅網之中，沉迷在一些毫不重要的枝節裡面。」察覺到熾翼伸手握住了自己的掌心，太淵微微一笑：「如果你認為我如今懦弱無用，那可能也是事實。」

「一旦有了弱點，自然無法立足不敗。」

「是嗎？」太淵眼中光芒閃動，在這一息之間不知轉了多少個念頭。

「你們都是這個樣子，只要心裡有了情就軟弱起來了，連你也不例外。否則，剛才以誅神為鋒，天下有誰能夠接得住你那一劍？如果不是因為你的心裡真的把優鉢羅視為了朋友，就算出劍也留了三分猶豫，又怎麼會被我一指就彈開？」

「不必再說這些了，我現在最感興趣的倒是你。昆夜羅，被困了幾千年後重得自由，你又有什麼打算？」

「這是天賜的機緣吧！優鉢羅心神耗盡，我終於可以任意地主宰這個身體。我離開真實的世界太久了，錯過了太多的故事，不是嗎？」

太淵覺得心微微一沉，有了不好的預感。

「我一直在看著，包括那一場讓他方寸大亂，虛假的所謂愛情。這一切的一切，興許都要歸功於你啊！」

昆夜羅用手指梳理著自己的長髮，說不出地動人；「從表面上看，真是一段纏綿悽惻的情感呢！優鉢羅的傷心苦楚，連我都為他覺得可憐，幾乎都要為他打抱不平了。不過再想想，這一切倒也挺有趣的，在錯誤的時間、錯誤的地方愛上了一個錯誤的人，註定了他會這麼淒涼地獨自承擔一切的不幸。誰叫他居然相信能夠得到寒華的真心，這一切後果都是他自己的責任。」

熾翼用力握住了太淵的手。

「我想見一見那個人，面對面地見一見那個讓優缽羅身心俱死的男人。」昆夜羅抬頭遙望：「我真的太好奇了，那個像冰山一樣冷漠的人，究竟有什麼魅力能讓優缽羅死得這麼不好受？」

「你想做什麼？」太淵警惕地問道。

「別緊張，我當然不會蠢得去挑釁那位法力莫測的人物。我只是想知道，優缽羅愛逾生命的人，是不是真的值得他為之痛苦千年的時光。你要知道這一千年，時時刻刻必須忍受那份痴情的我也不好受啊！」

不知在什麼時候，那件雪白的衣服，從下襬開始，慢慢地染上了顏色，然後，和那朵蓮花一樣，變成了完全的黑。

昆夜羅朝兩人微微一笑，剎那之間消失無蹤，風裡，只留下了淡淡的花香。

昆夜羅花的香氣。

「太淵……為什麼變成了這樣的局面？」熾翼茫然地看著滿池的白蓮，從方才起，他就有種宛若夢中的不真實感。

「優缽羅不在了，我們做任何的事都已經太晚。」太淵把他摟到自己的懷裡：「那個昆夜羅，只是個和他長相一樣的陌生人。我們不要再插手了，好嗎？」

「他說，要去找寒華……」熾翼皺起眉頭：「我總覺得有些不對。」

「昆夜羅不是個簡單的角色，我猜不出他心裡有什麼打算。」

「可是這是真的嗎？白晝真的死了嗎？」他按了按額頭：「太淵，為什麼我會覺得有哪裡不對？」

「必然是有什麼地方不對。」太淵跟著皺眉。「哪怕聽他所說，這一切變化完全是自然而然的，但是正因為這一點，似乎有些不太符合常理。」

「但是那具肉身，的確是屬於白晝。」熾翼望著池中殘留的蓮花：「不行，我要去牧天宮一趟。」

「哎！」太淵拉住了他：「熾翼，我們可以去牧天宮，但是你要答應我，不論事實如何，你都不能過於傷心！你如今不比當年……」

「行！我知道！」熾翼知道他是擔心自己：「你我這般經歷，都撐了過來，萬事萬物皆有機緣，總不能隨意就棄了希望。」

太淵這才放下心來。

「他獨自一人堅持了過來這麼久，我想就算再怎麼樣傷心，他也沒有後悔……應該後悔的，絕不會是他。」熾翼說到這裡，有了一絲咬牙切齒的味道。

「是的。」太淵的眼神也有些冰冷起來：「可能不是現在，但總有一天，他一定會後悔……一定會的……」

# 8

長白幻境。

寒風凜冽。

他靜靜地站著，與風雪，與天地，竟似融為了一體。

「寒華。」有人低聲喊他的名字。

「你來了。」他沒有回頭，從氣息上感覺到了對方的到來。

「我想問你一件事。」

「什麼事？」

「我對你而言，究竟算是什麼呢？一件染了血的舊衣？一把折斷了的劍？一段汙穢的過去？還是一個曾經生死相許的伴侶？」那人的口氣十分淡然。

風雪突止。

寒華回過頭，眼神冰冷，問：「你是誰？」

「你又不認識我了？唉，你還真不是一般地狠心。」那人帶著痛苦無奈。

「你不是他。」寒華沒有動作，但寒光四射的冰刃已經架到了來人的頸邊。

「哪裡不是？」來人絲毫不動聲色：「這臉、這身體、這頭髮，哪裡不是他呢？」

「這正是我要問你的，是他的肉身，卻是另一個靈魂。你，究竟是誰？」

「我是誰並不是很重要，最重要的是，我明明用了他的氣息，你為什麼會分辨得出？」

「不為什麼，你不是他，這就足夠了。」

「是嗎？這真是有趣。」那人輕輕眨了下眼睛，頸邊的冰刃化成了無數的碎屑落下。

「他的魂魄呢？」

那人露出笑容，笑容邪謔，在一向端莊高潔的臉上實在非常突兀。「你說呢？

既然你看出來了，不難猜到吧！」

「你和他……同源所出，寄宿一體？」縱然是寒華，也感覺到了一絲驚訝。

「真是了不起，就算是一向以多智聞名的太淵，一時之間也沒有想到。不過，就算你猜到了，又能怎麼樣呢？畢竟……」

畢竟……只有神魂俱滅，才會讓附屬者占用其身。

死了嗎……

「我可以把你的表情理解成難過嗎？雖然也不太像……」

只是早晚的事……

「我還是很好奇，他為你做了這麼多，你連一絲的感動都沒有過嗎？真的連一瞬間也沒有動搖嗎？」

動搖？一瞬間？沒有嗎……

「說什麼碧落黃泉，原來只是一個笑話。他真是可憐！」

**你我碧落黃泉，終不能再見了……**

「他居然沒有哭。我記得他小的時候，總是為了各種各樣的小事哭泣，沒有想到，他為你受了這麼多苦，還是強忍了下來。」

應該……還來得及……

一個轉身，那修長的身影隨風雪剎那消失了。

「真是沒禮貌，我都沒有說完呢！」昆夜羅笑著：「這麼急做什麼，反正已經晚了。」

然後他斂起了笑容，抬頭望天：「你看，他就快要知道了，這種『失去』的痛，他就快要嘗到了。可是來不及了，誰叫他這樣地踐踏了你的心，讓你走得這麼辛苦。」

他低下頭，面容有些扭曲：「寒華，你是神最好了，用你無盡的歲月痛苦去吧！你已經永遠得不到了，永遠地……後悔……」

笑聲揚起，淒厲中帶著快意，迴盪在白雪皚皚的長白山上。

黃泉。

如今唯有穿越此界血海方能到達的寂靜之地，在最近的這些年月，因為天地的異動，鬼仙的遷徙，而變得越發淒冷。

寒華帶著猶如寒冰的仙氣而來，在忘川渡口停了下來，舉目尋找著什麼。

「仙人？」居然還有渡船，渡船上的使者穿著灰色的衣袍，有些驚訝地問：「這世上還有仙人嗎？」

他沒有理會。

「這裡很久沒有仙人來過了，我還以為你們都死了。你是來輪迴的嗎？可這裡已經……」

他終於回過頭來，冷冷地看了一眼，成功地讓他閉上了嘴。

「你在找他嗎？他很久沒有回來過了。」

「你知道我要找誰？」他又一次回過頭來。

「我知道你，你要找的一定是那個人，不會錯的。」使者撐起小船，往河心去了：「你跟我來吧！」

寒華長袖一揮，凌空飛起，緊隨在後。

到了接近河心之處，使者穩住小船，招手喊他。

他長袖一擺，落到船頭。

「你看，那就是眾生輪迴盤。你要找的那個人，以前就睡在這裡。」使者指著河水中隱約可見的巨大石座。「他好像犯過什麼大錯，在很多年以前，就被關在了這裡。但有一段時間，他的一部分元神曾經被天上的仙人們帶走。直到一千年前，他回來了，然後，又整整躺了一千年。」

「一千年前……」寒華低語。

「這還是聽上幾代的閻差說的，他在這裡待的時間比我還久。他真的很美，每一次我過河，總會忍不住看他一眼。」

「他在輪迴盤裡睡了三千年？」

「以前是吧！不過，這一千年裡，大部分時間他是醒著的，只是不能動，也不能說話。」

「醒著？」一千年……

「我一直覺得很奇怪，他醒著的時候，眼睛總是看著遠處，像是在等什麼人。就算偶爾睡著了，也總是皺著眉頭。開始的時候，我還以為是這冰涼的河水讓他難受，直到我看見了他作的夢。」

寒華的手碰觸到了陰寒徹骨的河水，就算是他，也有了寒冷的感覺。而那個單薄的身子，竟然在這樣的水裡沉浮了幾千年。

是什麼呢？他在等的……會是……

「是你啊，原來他一直在等你。他一直在作著有你的夢，讓他難過的，不是這冰涼的河水，而是你一直沒有來找他啊！」

「我……」寒華的聲音，突然之間有些沙啞。

「你要看嗎？我把他的夢都留著呢！他一定很在意你，因為他醒著的時候，我給他看過那些夢，只有看見你的時候，他才像是在微笑呢！」

那些夢，在閃爍的水光中閃過，有些紛亂，有些瑣碎。

但每一個夢裡，永遠有一張時而溫柔，時而冷漠的臉。不論是在開封那夜花燈節會上的慌亂，還是用劍刺穿他胸口時的無情，又或者是說著碧落黃泉不離不棄時的堅定。

唯一最清晰的畫面，只有那一張臉。

寒華的臉！

情，究竟是什麼？

夢中，他聽見自己這麼問。

只是，到了今天，我也只能祈望，終有一日，你我能再逢於黃泉。

夢中，他聽見有人那麼說。

寒華筆直地站在船頭，定定地看著那一幕幕閃過自己腳邊的夢境。

「我，究竟做了什麼？」他愣愣地低語：「怎麼值得這樣地想念？」

「在眾生輪迴盤完全崩塌的那一天，他走了出來，連一刻也沒有停留地往血海去了。我追上去問他，等了這麼久也沒有等到你，恨不恨你啊？他搖頭，說不恨，說他知道你不會來，只是忍不住想等。我問他是不是要去找你了，他說，只要能再看一眼，那就足夠了。」使者娓娓敘述著。

一直在等……一直在……一千年……等一個不會到來的希望……竟等了一千年……

寒華一個踉蹌，竟然差點失足落到了河裡。

一股疼痛從四肢湧向胸口。

「沒有受傷，為什麼會痛？」他捂住胸口，有些慌亂地問：「我沒有受傷，為什麼會痛？」

「你是在心痛嗎？為了他而心痛？」

「心痛？這就是心痛……為了他嗎？」寒華氣息不定，單膝跪倒在了船上。

面對的，是自己的臉，倒映在河水裡的臉。

這樣七情俱在、慌亂不安的臉……是我的嗎？

「你別難過了，你不是來找他了嗎？他知道了一定會很高興的。算算時間，他也去了那一界有二十多年了。你去找他吧，他一定在那裡等著你。」

「那一界……」

「是啊！我聽說你們有一些都去了那一界的，他應該是去那裡找你。」

「不！」寒華猛地站了起來，小船激烈地搖晃，嚇壞了沒有準備的使者。

「他不在了，神魂俱滅……不在了，我為什麼要來這裡……他不會在的……我為什麼要來？他已經消逝了，不論是誰，連無瑕、優鉢羅、白晝……都不會在了……」

他的樣子有點嚇人，使者不由得後退了兩步。

寒華轉過身，一步一步朝岸邊走去。

原本想喊住他的使者驚訝地張大了嘴。

那自從失去了眾生輪迴盤的壓制，變得異常暗潮洶湧的河面，在這個仙人踏下小船第一步的時候，突然完全地靜止了下來，完全地……結成了冰……

厚厚的冰層，讓這條名為忘川的河流，霎時凝結了。

仙人能做到的嗎？這是忘川啊！並不是水，而是三界眾生們的記憶啊！

是怎麼做到的，能讓記憶都凝固了……

**寒華，活著對我來說，已經變成了一種煎熬。你不明白，我在這種煎熬之中活了多久，在冰冷的忘川裡……**

那是多麼淡然而無奈的一句話，讓人無法分辨其中隱含了多少無法道出的酸楚。

在到達這片黃泉之前，那也只是一句話而已，可又有誰知道，這句話是用多麼濃稠的痛苦堆積而成的？

那時的他，心裡一定比現在的我痛上千萬倍吧！

原來，心疼痛起來，竟是這樣的滋味。

連思考，也無法繼續了……

情，究竟是什麼？

這個無時無刻不存在，在他心裡繞了幾千年的問題，這一刻聽來，卻顯得有些好笑。

問過他，他說，寒華不需要懂情，無求的心一旦有了情，就再也無法平和快樂了。

但，無情的寒華快樂嗎？

在冰封的長白幻境活了幾萬年的寒華，可懂得什麼是快樂？

還是，像共工、太淵那樣，才明白大喜大悲是別樣的快樂？

有缺陷的是寒華，沒有感情的寒華，永遠自以為是的寒華，失去了的寒華……

「從開始到現在，整整經過了將近千年。我對你，從來沒有改變過。雖然明知這是一點好處也沒有的事情，可是，我沒有辦法管束自己的心。」

黑髮，帶著幾許自嘲的表情，那是白晝。

「你越是愛我，我的心裡也越是難過，我不喜歡這樣子。」

淡淡的愛與恨，無奈的喜和悲，片片落花裡，白髮飛揚的無名。

「你要是真的死了，上窮碧落下黃泉，我一定會找到你的。」

微笑著許下承諾的，是連玉。

最後，在更久遠的時間之前，隔著一片蓮花，曾經遠遠望見過一眼的，那一位美麗的佛陀。

「原來，我什麼都記得……」額頭的冷汗滴落到了手背上，在下一個瞬間，結成了冰晶。

不是記憶裡的浮光掠影，而是每一分，每一毫……在意識深處……

眼前，是白茫一片的風景，那從不曾厭倦的景色，這一刻看來蒼白得這麼可怕……

# 9

「師父，快停下來！」

「沒有用的，蒼淚，他聽不見你說什麼。現在的他，什麼也聽不見了。」太淵一把抓住他，不讓他靠近那看似失控的暴風雪。

「怎麼回事？師父為什麼會變成這個樣子？」蒼淚震驚地望著巨大暴風中央衣髮飛揚的白色身影。

「我怎麼會知道。不過很明顯，寒華的情緒失控了。」寒華是長白幻境的寒意之本，只有他情緒紊亂無法掌控，才可能引起這種天候異象。

「失控？這怎麼可能？難道說……師父受了傷？」

「受傷？你以為受傷就能亂他心智？」太淵皺起眉頭：「除非……」

「除非什麼？」蒼淚急切地追問著。

「不，那更不可能。」太淵抿抿嘴角：「怎麼會一夜之間，又變成了愛他成狂的那個寒華？」

「一千年前……我也曾經見過……」蒼淚仰望半空，不可置信地低語：「師父他，除了冰冷以外第一次有了其他的表情。第一次為了某一個人大喜大悲，情難自已。」

那種除了對方，任何事物都不重要的感情，最終毀了無名性命的感情，也是這麼可怕、這麼令人窒息，宛如這場暴雪……

「有什麼不可能呢？」另一邊，屈膝坐在黑色蓮花座上的人開了口：「不論是愛或者被愛的他，現在看來，都是可笑的，不是嗎？」

太淵瞇起眼睛，細細打量著：「看來，是你影響了他。」

「怎麼可能？」蒼淚冷冷地看那人一眼：「師父會被他影響？」

「那麼，昆夜羅，你究竟做了些什麼？能讓我們有幸見到這萬年難得一見的異象？」太淵向蒼淚使了個眼色，制止他再流露出不滿。

「是出乎了我的意料。」他懶洋洋地換了個姿勢，愉快地看著漫天暴雪在他身前呼嘯：「如果我說，我什麼都沒做，你信不信？」

太淵皺眉，不語。

「你也知道，在他的心裡，始終有一席之地留給了優缽羅。他也明白，優缽羅對於自己有著不同的意義。可惜啊！他真是個任性固執的人，總是不願意承認這一點，所以除了傷害，他什麼也給不了。他現在之所以會這樣，是因為他意識到，自己錯過了什麼。也許，永遠地錯過了……」

「也許？」太淵沒有放過他的一個眼神，一個動作。

「你們有沒有想過，以優缽羅的修行，為什麼會這麼突然又悄無聲息地消失了呢？」

「為什麼？」

「因為早在成形之初，釋迦就對他下了刻印，那是他作為尊者必須接受的條件。只要我們的純善之神有了私心，那種為了自己的私欲而動搖的心……你們也許不知道，私心對他來說，就像是毒藥。他每想一次寒華，魂魄就要受一次難以想像的痛苦，你們一心想撮合他和寒華，其實和動手殺他沒什麼區別。」

蒼淚和太淵的臉色都變了。

「只要他願意忘記寒華，又怎麼會落到這樣的地步？只是為了再見他一面，不惜再一次消耗法力，來到此界轉生成為凡人。根本就是個傻瓜，有這種卑微的念頭……」昆夜羅站了起來，黑衣招展，露出不屑的微笑：「這種程度還不夠……」

他一甩頭，蓮花合攏，隱入空中。

許久，蒼淚開口問：「他說……」

太淵嘆了口氣：「我們走吧！等寒華想明白了，暴風雪自然就會停下來。」

「可是……」

「你放心，他雖然有點心亂，但……他一向理智冷靜，只要時間過去，一定會平靜下來的。」

「你想說什麼？」再怎麼說，也和他認識了這麼多年，太淵這種語焉不詳的習慣他多少有些心得。

「我怕……麻煩的事情還在後頭，我們還是以靜制動的好。恐怕，這件事得去找他問問。」

「他？」蒼淚皺眉：「你怎麼老是他啊他的，再怎麼說……」

「在我眼裡，他不過也是個任性又麻煩的傢伙。」

「可他是『父親』，這一點，你無法否認。」

「也許我當年應該做得更徹底一點才對。」太淵輕勾嘴角：「等你什麼時候承認我是『哥哥』，我也許就會承認他了。」

「你作夢。」蒼淚冷冷回絕，轉身離開了。

收起戲謔，太淵面色凝重。

「唉！」許久，他嘆了口氣：「真麻煩，要是他失去了理智，我們哪裡抵擋得住？他這九萬多年可不是白活的啊！」

世上，最難纏的人只有一種，寒華可以說是最有代表性的那一個。

不會為任何外力動搖，這種人要是失去了理智，除了他自己，沒有任何人能阻止得了。

「這天地之劫，可別再來一次……」太淵長嘆一聲，遠遠一晃，便離開了。

暴風雪中的寒華看似神色如常，但額頭的汗水滑落，不斷變成粒粒冰雪掉落到了空中，混入了風雪。

這一夜，風雪開始擴散，連天空的星辰也被白色的混亂奪去了光彩。

「寒華。」那一聲嘆息隱隱約約傳來。

他一驚，胸口竟然一窒。

緩緩地抬起頭來。

烏黑的長髮挽成了佛髻，一身雪白的衣衫，站在潔白的蓮花之間。

「還記得我們第一次見面嗎？」優缽羅尊者面帶微笑：「那是仙佛飲宴，我們隔著瑤池，遠遠看見了對方。那時，我隱約就感覺到了，你和我之間，會有一場無法逃避的糾纏。只是……沒有想到，最後會是這樣地收了場。

「但，還是請冷靜下來吧！畢竟，一切都已經結束了。我不過是這天地間的一個過客，滯留了太久的時光……」

他一震，袖袍一拂，伸出手來。

暴風雪止。

眼前一片白雪滿布，哪裡有什麼笑貌音容。

他靜靜地看著自己伸出的手，看著自己微曲的指尖。

想要抓住什麼呢？

寒華，在這一刻，你想抓住的是什麼呢？

他愕然地聽著自己從未有過的急促呼吸之聲。

究竟是什麼，亂了他的方寸？

難道……

暴風雪停止了。

一如突兀地開始，又突兀地停止了。

他站在山巔，靜靜地站著。

來人停下了腳步，在他身後，也學著他，俯視懸崖下一片白茫。

「他說你心智大亂，引得長白幻境暴雪如狂，我本來是不信的。」那人的聲音沉靜低緩，帶著一種獨有的韻味。

「因為他講的話，並不是那麼可信，直到今天，我還是不能完全地信任他。你要知道，這麼多年以來，我從不相信任何人，包括你在內。」

也不用他回答，那人輕笑著說：「你還記不記得，就這兩個字，害我多深？但我再怎麼生性多疑，也從來沒有懷疑過你當年的那個諾言。因為我知道，高傲如你，縱然事後識穿我的手段，也不屑於食言反悔。

「可是，就算是這樣，我還是不放心。因為這世間的事，又哪來的絕對？我相信你會遵守承諾，又害怕有什麼變故。說我多疑也好，善變也罷，我不否認，我就是這樣的人。」

「你走吧，我不想見你。」要是沒有他……要是沒有那個諾言……

「要是沒有我，你也遇不上他，不是嗎？」那人似乎看透了他心裡的想法：「我當時害怕的不是你會反悔，而是時間。時間是多麼可怕，是你我無法改變的力量。你縱是心如冰雪，不易為外物所動，但漫漫時光中，總有事物會令你分心。而那個人在一千年前，終於出現了。」

他靜默不語。

「我是很自私的人，我希望不會有任何阻礙影響到你，可我們所有人，包括你自己在內都沒有想到，在你的心裡竟會種下情根。只可惜你自己卻被太多形於外的表現，掩蓋了事實。」那人嘆了口氣：「我沒有想過你會動情，可我知道，你和我在某一方面還是相似的。我們不善情感，而且，總是忽略心底的真意。」

「為什麼……」他開了口，聲音苦澀。

「這是缺陷。你和我一樣，是天地初時的神祇，我們是有缺陷的。我們不明白什麼叫感情。你和我，是一樣的，難道你忘了嗎？」

「我真的忘了，我本以為我和你不同，我本以為沒有感情不是缺陷，反而是一種優越，卻原來……」

「不，寒華。」那人喊他的名字：「原來我們都錯了，我們的缺陷只是不明白，而非不擁有。我不相信，相處的幾萬年，你我之間用一個承諾就可以一筆帶過。你對我的幫助，難道只是為了虧欠我的那微不足道的恩情？」

「不是嗎?」寒華淡淡地迷惘了。

「我已經想通了,那你呢?」

「我心裡真的有情嗎?」寒華回過頭來,不解地問:「可為什麼,我不像你那樣大悲大喜,為了感情,那麼決絕……」

「你和我的個性本來就大相逕庭,表達情感的方式自然也不相同。你性格冷淡,情感當然內斂。你總說你沒有感情,難道這漫天風雪是我的幻覺不成?」

「不要再說了。」寒華轉過身去:「說這些又有什麼用?一切……都已經太晚……」

說到後來,寒華的語音中竟帶了一絲顫動。

「雖然晚了,但總比永遠不知道要好。至少,你終於可以體會,在他心裡存有的痛苦,那可能千萬倍地更甚於你。這就是情,情越深濃,往往傷得越重。」

那人輕嘆了一聲,卻說得清淺堅定:「這個情字,實在很難說得清道得明,只是如人飲水,冷暖自知。寒華,我今天來,並不是為了說這些無益的話傷你。我只希望你明白,逝者已矣,遲了就是遲了,這種傷痛只能用時間來淡忘。如果是你,也許過一段時間……」

「呵呵……」低沉的笑聲揚起。

「你笑什麼？」那人一驚。寒華竟然笑了，在這種時候？

「笑你。」寒華一抬眼，冰刃一樣的目光刺了過來，饒是他，心頭也是一寒。「我笑的是你，共工。你說這些話的時候，有沒有覺得自己很好笑？要是真像你說的，時間能淡忘一切，你做的那些事，不就是最好的反證？

「也不知道是誰，為了追一段情，竟用了千萬年的時光，牽連無數他人的命運。違逆了一切只為得到愛人的你，卻這樣來勸我？」

「我們的情況不同，翔離他和優缽羅是不一樣的。我之所以能失而復得，是因為翔離是鳳，他能夠涅盤重生。但優缽羅是無形的游離魂魄……他早已神魂散失了……」黑色絲衣上金龍飛舞，金冠綬帶，世間帝王一樣的共工也露出無奈：「此界縱然靈息尚存，但暫且無法孕育出新的神祇，我們無能為力。」

「那我來問你。」風雪浸透的空氣裡，利冰似的寒華就像以往一樣地漠然：「如果翔離沒有辦法再重生，你會怎麼辦？」

「那麼。」共工揚眉，一刻也不遲疑地說：「毀了這天地。反正此界不周山未倒，大不了我再撞上一撞。要是他不在了，還要這天地做什麼？要我做什麼？一切是為他而來，理應隨他而去。」

「那你認為，你這樣來說服我，會有什麼用處？」寒華冷冷一笑：「我不會追隨他而去，也不會毀了這新世界，但時間恐怕也沒辦法掩埋掉什麼。

「你可能忘了，我最多的就是耐心。過去千萬年、億萬年，這天地朽爛了也好，彼界天羅破滅了也罷，只要我還活著，必會受這焚心的痛苦。因為我違背了誓言，這是我應有的懲罰，你們不必再多說了。」

「寒華，你還是一點都沒有變。」共工苦笑：「我知道會是這樣，卻沒辦法拒絕翔離，他總覺得欠你們太多。」

「你走吧，我想一個人待著。」寒華不再理他。

共工在他身後站了一會，長嘆一聲，隨風而去了。

長白幻境，除了極目雪白，再也沒有別的色彩。

# 10

巔峰學院。

「日安！」學生們相互問候著，微笑著道賀。

今天是這一年的最後一天，一早起來，天空陽光滿布，每一個人都有了燦爛的心情。

「快看，是寒教授！」站在手扶梯上的一群女生小聲地尖叫了一陣。

「寒教授，日安！」有膽大一些的叫了出來，得回一個遠遠的頷首。

就算只是這樣，抽氣聲也不少。

附近的其他教授無奈地搖頭。

「我姐姐的朋友好奇怪。」那人剛在視線裡消失，立刻就有不平之音出現：「我昨天問她認不認識寒教授，她居然說沒什麼印象！她明明前年才畢業的，怎麼可能不記得！」

「就是嘛！我表姐也是，說好像有這麼個教授，長什麼樣她不記得了。真是奇怪透了！我啊，這輩子都忘不了他的啦！」說到眼睛都有點酸酸的。

「我看八成是她們得不到教授的青睞，自我催眠了吧！」還真是什麼樣的論調都有：「向來是這樣嘍！男的自尊受挫，女的芳心碎落，也沒什麼好奇怪的！」

「可是，我一直找不到教授的照片或者立體投影啊！」

「他好像不太喜歡拍照或者影像掃描……」

「對啊！好像沒聽說有人成功過……」此起彼落的嘆息。

「我很想要啊！」

「我上次去『愛德華』訂做的時候，店員都說沒有立體投影不行呢！」

「喔！妳好過分，居然去訂做寒教授樣子的模型！」

「什麼啊！妳上次還不是去『滿意工坊』問成年體複製的事？」

「我只是問問啊！怎麼可能弄得到他的組織？」他根本就從不讓人靠近。

「完美的事物，多少會讓人覺得遺憾的吧！」

又一大片二氧化碳被吐了出來。

他走進電梯，修長的指尖輕觸了七十五層的識別感應器，電梯開始向上攀升。

陽光從全透明的外殼照射進來，腳下的一切慢慢渺小。

陽光照射在他有些蒼白的皮膚上，隱約透出淡淡的冰玉一樣的質感，墨黑的眉髮和眼睛，讓這感覺更加強烈。身上的條紋西裝令他更加優雅修長，卻和他的氣質有一絲格格不入。

他筆直地站著，正低頭俯視，眼中掠過一絲絲光影的交錯，眉目間平靜無波。

「叮」的一聲，電梯停了下來。

他抬起頭，看了看上方的顯示，然後，往走廊那頭的門走去。

門緩緩打開，墨綠的地毯那頭，有人恭敬地站著。

「叔叔。」那人親切地笑著：「侄兒給您請安。」

他點了點頭：「最近還好嗎？」

那人受寵若驚地眨了眨眼睛，習慣性地摸了摸額頭，然後笑著回答：「多謝叔叔關心，閃鱗過得很好。」

他輕輕瞥了一眼，淡淡地說：「倒是長大了。」

「是啊！」閃鱗不好意思地笑了。

他走到沙發邊，坐了下來。

「我今天來，是因為父親要我向叔叔說一件事……」

閃鱗知道他生性冷漠，就算是見到後輩，也根本不會多一句話。可是，今天他居然多說了兩句類似關心的話，知道他真的改變了不少。他心裡對父親的交待本來覺得不安，現在就更加猶豫起來。

聽他的語氣，和當年似乎沒有什麼變化，只是不知道他的心裡……

不知說出來，會是什麼後果……

「你什麼時候變得和太淵一樣了？」不是蒼淚，而是閃鱗？共工，是作何想法？

「是什麼事，他竟要你來對我說？」

「父親讓我問叔叔你，這麼多年，你獨自留在人世，有沒有找到平靜？」

「平靜？」他一愣，覺得不對：「這和他有什麼關係？我們已經幾十年沒有見過，他突然問這個是為了什麼？」

「父親想要聽聽叔叔你的回答。」

他靜靜坐著，閃鱗也不敢出言打擾。

「沒有，這世界雖然並不像我以為的那麼汙濁，卻也不是什麼淨土。我並不是來找什麼平靜，當然也是找不到的。」他淡淡回答。

「那麼……叔叔，在你的心裡，還記不記得『他』的音容樣貌？」

「他？」

「就是當年，我在長白幻境見過的那人。」

他的眼神突地銳利起來，帶著疑惑看了過來。

閃鱗只覺得心口一寒，呼吸的空氣也跟著發冷。

還好，那一眼後，他就閉上了眼睛，閃鱗才吁了口氣。

「記得，卻又不記得。」再睜開的時候，寒華的眼睛裡有了一些沉澱著的黯然：

「我有時試圖忘記，卻覺得一言一笑那麼靠近。有時伸手求取，卻模糊遙遠，就像什麼也不曾有過。心的滿和空，忘和識，總是這麼地可憐。」

「那麼叔叔，你的心裡，有『恨』嗎？」

「有。」他冷冷漠漠，清清楚楚地說：「極恨。就像你父親曾經有過的怨恨之心，我也有了。因情而恨，恨而不得，原來，我也會這麼地怨恨一個人，這麼地深。」

閃鱗無言，被他臉上、眼裡那一刻深沉無力的恨意驚嚇到了。

這個……哪裡是當年在長白山巔，冷情無欲的那個神仙……

愛得……這麼絕望……

父親，這麼做是對還是錯呢？

「寒華。」閃鱗突然開口叫他的名字，用他父親一樣的口吻，卻帶著不安的表情：「你還是沉陷到了這段不會有結果的情劫裡面，再這樣下去，你遲早會害了你自己，我們並不希望那樣。」

「你無權希望我怎麼樣，你們任何一個都是。」寒華站了起來，站到窗前，俯視腳下：「我和他之間不是情劫。我的心，我自己決定歸處。」

閃鱗輕聲嘆了口氣，然後說：「這答案和父親的猜想相差無幾。七哥也沒有說錯，叔叔連表達情意也與眾不同。」

寒華沒有答他。

「父親讓我問這些問題，說要是您答的和他猜想的一樣，就讓我說出來。要是不同，就不要說。」

「你們真是空閒。」寒華有了一絲不悅。

「叔叔先別生氣。」聽完了再說也不遲！

閃鱗先深吸了口氣。

「父親讓我對叔叔說，這一劫還未完成。」

寒華一愣，反問：「什麼意思？」

「優缽羅尊者尚在此界人間。」

優缽羅尊者尚在此界人間……

閃鱗小心翼翼地說完，有些緊張地看著寒華的背影。

事實上，那九個字，是隔了很久才進了寒華的耳朵，傳進了他的意識。

他慢慢地閉上雙眼，卻在下一刻驀然睜開。

寒氣在空氣裡凝聚起來。

閃鱗心裡叫苦。

「不許胡說。」寒華輕緩地說：「否則，別怪我不顧情面。」

父親啊！你真是偏心……

「叔叔你別生氣，我不是在胡說。八十七年前突然消失的那位優缽羅尊者，尚有一縷魂魄留在世上。」

眼前一花，如針刺一樣的凍氣撲面而來。

「說清楚！」寒華俊美冰冷的臉竟近在眼前，木無表情，像是雕塑一樣。

閃鱗忍不住退了一步。

開什麼玩笑，論年紀就差了九萬多年，修行更遠了去了，誰能受得了這種壓制感？

「父親讓我轉告叔叔，您以為已經神魂俱滅的那位優缽羅尊者，尚有一縷元神未散，並非完全地消逝了。」

「這不可能，我怎麼會不知道？」

「叔叔你忘了嗎？」閃鱗在針刺一樣的痛苦下強顏歡笑：「他和您命運相纏，當然是算不出的。」

寒華面色一凝，閃鱗都能看見他的瞳孔急速收縮，目光更是陰晴不定，使得俊美的面孔霎時猙獰起來。

他不會是一聽之下，心裡不能承受吧！

「那共工又為什麼會知道？」

問得閃鱗一愣。

他原以為寒華會追問那人此刻的下落情況，卻沒想到，他第一句問的會是消息的來源。

「父親知道你心裡對他難以忘懷，所以才會留在他最後待過的地方不願離開。加上舅舅對這件事心懷歉疚，一直心情鬱悶，所以，這麼多年以來，我們都沒有放棄尋找其他辦法的念頭。」

「沒有……放棄……」

「叔叔大可不必這樣，其實，我們都知道，叔叔你並不是沒有期望，只是害怕那終究變成絕望而已。」所以，才會說恨吧！

「是嗎？」寒華閉上了眼睛，閃鱗只覺得有了一絲悽惻。

「那一縷元神，為什麼還在？」寒華接著問。

「不知叔叔還記不記得，當年翔離舅舅耗盡心力，無力重生的時候，是誰加以援手？」

「是他。」寒華心中一動，想起了當時太淵說的那一句話。

那是因為在你的意識裡，從沒有遇見想要珍惜的人，你不明白「失去」是多麼可怕的一件事。

「翔離舅舅重生以後，心裡對他十分感激，於是把三瓣優缽羅花重新埋進了土裡，希望他最後能從來處歸去。」

「那又怎麼樣？」

寒華的冷靜，再度讓閃鱗嘆服。是知道他心裡愛著那人，可怎麼也想像不出他居然能夠這麼地冷靜。

換了是別人，不應該是欣喜若狂，激動難耐嗎？

「在十年之前，奇蹟忽生，翔離舅舅竟然感應到仙氣匯聚。趕過去看時，那被掩埋的花瓣竟生根土裡，開枝長葉，而且在一夜之間長出了一朵花苞。那花苞樣子古怪，有稜有角，後來才知道，那一朵竟是傳說中的優缽羅花……」

咯！

輕微的異響打斷了閃鱗的說話，他驚訝地看著寒華身後的玻璃幕牆。

整片巨幅玻璃從一點放射到四周形成了裂痕，像是一張巨大的蜘蛛網。仔細看去，每一道裂痕的四周都結滿了白色的冰晶。

這面牆竟然因為受不了寒華散發出來的寒冷氣息，凍到碎裂了。

再一看四周，從寒華和自己分界的地方開始，他身後所有的東西不知在什麼時候都結了一層厚厚的冰霜，情況實在很嚇人！

閃鱗突然覺得有點冷。

「說下去。」寒華平靜地問：「後來怎麼樣了？」

閃鱗忍不住咽了口口水。

真是看走眼了，他這哪裡叫冷靜，最多只是看上去沒什麼表情而已。

「那花，日前開了。」閃鱗越發不安起來：「父親經不起翔離舅舅的哀求，答應和他一起用自己的血來餵養。幾個月前，那花在一場大火中盛開，色澤雪白，花開千瓣。盛開後，花裡現出了元神魂魄。」

「優缽羅。」寒華輕聲接了下去。

「就是那個模樣，白髮，黑眸，絕世之姿。」

然後，閃鱗聽到了好長的一聲呼吸。

「在哪裡？他，在哪裡？」寒華問得很慢，很輕，就像是要把這一刻永遠地記在心裡。

「長白幻境。」

「長白幻境？」寒華不相信似地重複著。

「正是叔叔的長白幻境。翔離舅舅當年把那些花瓣種在了那裡的仙玉石碑前，叔叔你應該知道那個地方。」

長白幻境，群仙功德碑……

「叔叔這是要……」

「回長白山。」

「不如，由我送叔叔一程吧！」閃鱗恭敬地說。

「這是什麼……」寒華硬生生打斷了問話，一斂眉尖：「不必了，我自己還認識路。」

眨眼間，寒華幻化成了白衣玉冠，飄然冷漠的模樣。

一個振袖，那人影轉眼就消失無蹤了。

被留下的閃鱗愣愣地站了半晌。

「要是我告訴他們，誰會相信呢？」他苦笑著搖頭：「這一個『情』字，就連這樣的人也為之魂不守舍，是為了什麼呢？」

剛才寒華的第一個反應，居然是往大門那裡走。

他忘了自己會法術嗎，居然學著凡人的方法離開？

那他打算怎麼回去長白山？坐飛行器嗎？

閃鱗又嘆了口氣。

哪裡是七情不動的神仙，不是正像神魂顛倒愛上了的凡人？

「糟糕！」突然間，他想起了什麼，臉色大變：「忘了說，那人現在……」

跺了跺腳，急急忙忙追了上去。

長白幻境，群玉碑前。

一個白色的身影從天上而來，翩然落下。

群玉碑，又稱群仙功德碑，矗立在長白幻境極東的角落。是天地初始的時候，由世間靈氣凝聚而成的寶物，七千年前的一夜之間靈力消散，變成了一塊普通的石碑。

雖然，在幾十年前，他捨棄這裡去了塵世，但長白幻境九萬年以來都是他的屬地，在這裡的任何東西，他無不了然於心。不過他向來居住在西面的冰湖邊，這個地方少有落足，連經過時，最多只是一眼掃過，也不太在意會有什麼。

他從來沒有想過，這個只是偶有陽光照射的地方，會長滿了遍地的花朵，會有這樣一個狂喜在等待著他。

碑前的臺階上，坐著一個人。

白衣勝雪，白髮如銀。

陽光下，繁花中天地為之動容的美麗。

像在微笑。

他的心狠狠地一痛。

這熟悉又陌生的人，這愛恨糾纏的心……

想開口，不知該喊什麼……

「無瑕。」他最終還是喊了這個塵封了千年的名字，在兩人最初相識的時候，所用的名字，深深鏤刻在心裡的這個名字。

那人長長的睫毛一動，看了過來。

目光交接。

烏黑的眼眸，深不見底。

他慢慢走了過去，站到了面前，屈膝半跪下去。

用力擁入了懷中。

微微的香氣，是優缽羅花的香氣。

「無瑕，我……」他什麼也說不出，千言萬語，卻連一個字也講不出來，只能更加用力摟緊了懷裡纖細的身子，任一顆心急速地鼓動著。

終於，這種感覺……本以為再不會擁有的……

等到他終於覺得不對勁，已經是很久以後的事了。

「無瑕？」他細細地看著懷裡的人，手指撫過了那眉眼，那髮梢。

「無瑕……你答我一句……」哪怕是怨懟、忿怒，甚至是決絕……

什麼也沒有……

「無瑕……」他的心，這片刻之間，飽受了多少折磨。「怎麼……」

「叔叔！」緊隨著聲音，又一道身影閃現。

語氣中帶著微喘的閃鱗終於追到了長白幻境。

居然能用這種速度御風飛行……怕連父親，也跟不上的……

寒華的法力真不是一般可怕，要是認真起來，還有誰會是他的對手？

「說，這是怎麼回事？」

閃鱗敢保證，要不是寒華捨不得放開懷裡的人，現在自己八成只剩半條命了。

「還有件事沒來得及和叔叔說……」閃鱗潤了潤發乾的嘴唇：「這元神雖然重聚成了人形，但……畢竟十去其九。現在的他，只不過比一具軀殼好上一點而已。」

其實，寒華又怎會感知不到……

懷中的人目光沉滯不明，像是完全感受不到外界的一切。

「無瑕。」原來……

只有一縷元神的軀殼……

風吹過，帶來幾粒冰雪。

閃鱗站在一邊，不敢再開口說半個字。

不會再來上一場暴風雪吧！

過了許久，居然沒有什麼異樣。

「閃鱗。」寒華的聲音傳了過來。

「是的。」閃鱗回答得戰戰兢兢。

「回去告訴共工和翔離，我欠他們一個人情。」他打橫抱起懷裡輕盈的身子，就像捧著世上最珍奇的寶物。「告訴他們，不論任何事，都可以向我求取回報。」

他目光裡痛苦和喜悅相互交織著，閃鱗一時愣在了當場。

這種承諾，在寒華來說……

還沒有回神，那兩人漸已遠去了。

只聽見寒華獨特清冷的聲音，從沒有過那麼柔和地在說著話。

聲音很輕，很快就聽不見了。

閃鱗原地站著，突然之間真正感受到了這種迷惘的情感。

不知珍惜時失去。

痛苦多年後得回。

偏偏又不再完整。

世間的事，總是這麼讓人悵然若失。

在心裡溢滿了渴望和恐懼……

這樣，也許才更是銘心刻骨……
長白幻境，陽光如織，繁花似錦。

# 前塵

「優缽羅！優缽羅！」

「怎麼了？」他從經卷裡抬起頭，迎上一張和自己一模一樣的臉龐。那張臉上洋溢著歡樂。

「你聽說了沒有？孤獨園裡盛傳，你會被選為座前尊者呢！」

「是嗎？」他淡淡地笑了。

「你不開心嗎？要知道很多弟子在人世間修行了幾千年的功德，也無緣有這樣的殊榮呢！」來人撲到他的膝上，笑瞇了眼睛。

「昆夜羅。」他有些無奈地看著這個最為親近的存在：「你我同開在一條枝蔓之上，偏偏性情卻差得這麼遠。其實，論起修行法術，我根本不及你十分之一，你為什麼就定不下心來參禪悟道？榮辱得失不過是一種心結，你卻一向看得過重……」

「我倒覺得無所謂啊！優缽羅，雖然我們是開在一條枝蔓上的兩朵花，但我們始終是不一樣的！你看，你是雪白的，而我是黑色的那一朵，雖然我們長得一樣，可是頭髮的顏色完全不同！」

兩人長及地下的髮相互映襯，美麗至極。

「生來，我們就是完全不一樣的，就像你不明白我為什麼不喜歡修禪，而我大概永遠也不會理解，一個罪惡的人只需要悔改就能得到寬恕這一類的事情。」

「這是因為……」他想開口解釋。

「好了！你又不是沒跟我講過，到今天還沒有死心嗎？」

「可是，昆夜羅，你難道打算一生就這樣了嗎？」昆夜羅的心，什麼時候已經離得這麼遠了……

「你很適合這裡，也許你註定了要來到世尊身邊，受到萬世景仰。可我終有一天要離開這裡的。」昆夜羅站了起來，眼中神采飛揚：「西方淨土永遠死氣沉沉的，我想要去東方！聽說，那裡四季分明，比這裡要美上千萬倍，紅塵裡，更是華美無倫的地方。」

「你要入塵世？」他的眉微微糾結：「你雖然不像我，生來容易受人心的波動影響，但紅塵裡的是非善惡，也不是那麼容易駕馭。我怕你意志還沒有堅定，始終會受到人心的牽制。」

「你還記得，我們沒有被移到孤獨園之前待的那個地方嗎？」

「你是說……長白山……」他一愣，思緒有些飄遠。

「我還記得那裡很美！雖然常常寒風凜冽，冰雪滿天，可是靠在群玉碑上，總是會覺得很暖和……」

看著昆夜羅垂目回憶，他也有些恍惚起來。

「甚至那個躺在冰湖裡的神仙，我都有點想他呢……」

這樣的話傳了過來，不知怎麼，他的心頭隱隱一震。

那個沉睡著的雪白身影，清晰地從心底浮現了上來。那一種清清冽冽的仙氣，帶著一絲寒冷的神情，僅僅看見一次，居然那麼深刻地記憶了下來……

「所以啊……優缽羅！你在聽我說嗎？」

他回過神，微笑著點頭：「我明白了，你想做個散仙對嗎？」

「差不多吧！」昆夜羅又伏到他的膝邊：「不過，不是現在。那會是很久很久以後的事了。」

「會是多久呢？」優缽羅用手指梳理開兩人的頭髮。

從出生，到成形，參禪修行，不曾分開的兩人終於到了考慮分離的時候。

這是必然的吧！緣分本來就是終有盡頭的東西啊！

「很久，很久以後！」昆夜羅笑了：「直到優缽羅不需要我的時候，或者，我有了不得不離開這裡的理由的時候。」

「那倒是有些難的。」聽起來，更像是空有志向的誓言。

微風吹來，孤獨園的清靜讓人生出倦意。

睡著了，不願再醒……

# 尾聲

緣起於長白幻境。

長白幻境，是一個寒冷的地方，而這種寒冷，是來自一顆比世界上任何東西都要寒冷的心。

那顆心的主人，擁有這個叫做長白幻境的地方。

他之所以知道，是因為他一出生，就被天空中的聲音告誡了。

不許靠近這裡！

後來，他才知道，這不是有人在天上和他說話，而是那個神仙，在長白幻境的四周用法力布下了界陣，防止有人闖進來。

神仙……

這裡的主人，是一個神仙。

至於這個神仙，他沒有見過。

也許是因為界陣的原因，他從來沒有見過任何的「人」或者「神仙」。那些從他出生起就知道的東西，他都沒有見過。

神仙，人，高山，大海，紅塵……

西面，是長白幻境最最寒冷的地方。他們生來怕冷，所以，從不遠離溫暖的、他們出生的東面。

直到那一天……

那一天，昆夜羅不見了。

他很擔心，到處尋找，不知不覺超出了日常活動的範圍。

往西，往西，一直往西。

一直來到了湖邊。

他知道這裡有湖。

就在幾天前，昆夜羅拉著他爬到了群玉碑上面，他們遠遠看見了這個湖。

昆夜羅說，那是一塊好大好大的寶石，因為從遠處看起來，這真的很像一塊閃閃發光的寶石。

他卻知道，這叫做「湖」，而且，是一個結著很厚很厚的冰的「湖」。

所以，他知道了西面真的很冷很冷。

他告訴昆夜羅不要到這裡來，昆夜羅不聽，他只好同意這是一塊寶石。可是昆夜羅卻說，他要把寶石拿回來，不論他怎麼說，就是不願意打消這個念頭。

他知道昆夜羅很認真，所以只能一直一直地看著昆夜羅。

可是……昆夜羅還是不見了……

這片湖……和他知道的那些有水的湖不一樣。與其說這是湖，倒不如說是一塊好大好大、大得望不到盡頭的冰。

他很小心地踩了踩，發現腳下和自己想的一樣結實，才放心地走了上去。

走了很久，直到兩邊都有些望不到盡頭的時候，他終於停了下來。

他四處張望著。

昆夜羅……不見了呢……

他蹲了下來，眼眶紅紅的。

「啊！」擦眼淚的時候，猛地發現自己腳下有一片黑黑的東西，他嚇了一跳，一下子坐倒在了冰面上。

這時，來了一陣風，吹開了他腳下的浮雪。

他看見了……一個「人」……

和他還有昆夜羅一樣呢！這個睡在冰裡面的人，和他們有著相似的模樣啊！

頭髮長長的黑黑的、和昆夜羅一樣呢！

可是……很高，手好大，和我們完全不一樣！

他忍不住用自己的手，隔著冰，偷偷地和這個人的手比了比。

果然，這個人的手大大的，比自己的大了好多啊！

可是……他為什麼會睡在冰裡呢？

這裡這麼冷，要是睡在冰裡，不是會更冷嗎？

突然間，他想到了一個詞語。

死亡……

這個人，已經死掉了嗎？

隔著冰，他把手放到了那個人的臉上。

「沒關係的。」他輕輕地說：「我告訴你，人死了以後，很快就可以轉生喔！只要你渡過一條河，就可以重新回到這個世界來了。」

他跪在冰上，俯下身，靜靜地看著……

他笑了，縹緲的笑容在他小小的、無比美麗的臉上舒展開來。

那一天，是他第一次看見這個人，他看得那麼仔細那麼仔細，就像是……生生世世，再也不願忘記……

必須離開長白幻境的那一天，他哭了。

他站在最東面的地方，回頭看了好久，一直捨不得離開。

昆夜羅以為他是捨不得這裡，嘲笑了他好久，說這裡冷冰冰的有什麼好。

可是昆夜羅不知道，他在回頭的瞬間，想到了那個躺在冰裡的人。他記得自己跟那個人說過，說自己會一直等到他回來為止。

可是他現在要走了，因為這裡的主人就要回來了。

群玉碑說了，這裡的主人是一個神仙，一個很奇怪的神仙。長白幻境只屬於這個神仙，可是他不會願意讓任何人和他一起住在這裡，所以，在神仙知道之前，在還可以自由地從這裡出去之前，他們一定要離開。

這是他第一次知道，有的時候，存在……本身可能就是錯誤……

那個時候，他真的哭了好久好久……

很多年很多年以後，他才知道，那個睡在冰裡的人，就是長白幻境的主人，就是他常常和昆夜羅談到的那個神仙。

又過了很多年很多年，他才又一次地見到了這個他本以為是「人」的神仙。

那時……他已經是侍奉世尊的佛陀。他隔著瑤池，隔著雪白的蓮花，遠遠地看見了那個神仙。那個他原以為……會永遠睡在冰裡的人……會永遠等著自己回去的人……

他知道，他和這個神仙有緣，緣起於長白幻境，也許就會緣滅在這驚鴻一瞥。

那一個晚上，他獨自站在朝向西面的窗前，站了整整一夜……

之後的五百年，他依舊在白蓮花臺上，照看著自己為世人種下的滿池蓮花。

然後，那一天終於到了……

緣滅……然後劫生……

「你又來這裡做什麼？」輕輕地，有一聲嘆息。

他抬起頭，看了看聲音的來處。

「以後不要到處亂跑，你喜歡來這裡，我會常常帶你過來的。」那個人伸手，把他抱了起來。「很晚了，你會凍著，我們回去吧。」

他被抱了起來，被抱進了一個溫暖的懷抱裡。

那溫暖讓他微微一愣，但他又低下頭，看著自己剛剛跪坐的地方。

「你能告訴我嗎，你究竟在看什麼？」抱著他的人問：「為什麼你總想跳進這片湖裡？為什麼就算是我凍結了湖水，你還是天天坐在這裡呢？」

他覺得環抱著自己的手臂有些收緊了，於是抬起頭，看進了烏黑清冽的眼睛。

「為什麼？你究竟在看些什麼呢？」那雙眼睛裡映出了他木然的神情：「這湖裡究竟有什麼值得你看的，你告訴我好不好？」

他覺得有些痛，輕輕掙扎，緊窒的力道立刻放鬆了。

「那好，不說了，我們回去吧！」他重新被摟住，那人小心地抱著他，轉身離開。

他越過那人飄揚的長髮，看向他剛才坐著的地方。

有什麼呢？

那裡有什麼啊？

為什麼會不見了……

為什麼……

遠遠地，遠到看不見了。

他把頭靠到了那個抱著自己的人身上。

暖和的……

他靜靜地閉上了眼睛，感覺到好大好溫暖的手撫摸過他的頭髮。

終於，回來了呢……

——《仙魔劫之白晝》完
——《仙魔劫》全系列完

# 番外　相守．長白紀事

「你覺得這樣有用嗎？」他看著前方，嘴角揚起了一抹笑意。

他的聲音清雅柔和，不急不躁，似乎能安撫一切的不安和焦慮。

「我覺得這樣也是不錯。」他獨自一人，像在自言自語，目光中卻蘊含著無盡的智慧：「說是責罰，於我更像是一次遠行。這萬丈紅塵，生老病死，愛恨嗔痴，我早就想要經歷一回了。」

他低下了頭，在他的腳下，是暗潮洶湧的河面。

「人活完一生不過幾十年，於你我不過是眨眼的時間，你睡上一覺，醒來時，我就在了！」他看著腳下隱約可見的巨大石座，以及石座中央閉目躺著的身影：「你放心，什麼都不會改變的。」

有什麼好改變的？

不過就是做一回凡人，不過就是多出些七情六欲……

三百年後——

幽靜荒涼的道路上，他一個人蹣跚前行。

昏暗迷濛的天地間，充斥著悲怨嗚咽之聲。

陣陣的陰風席捲而來，吹開了遮擋住他臉頰的凌亂頭髮。

他忽然之間停了下來，慢慢地回過了頭。

來時的道路，早已被黑暗與迷霧遮斷。

不定的風捲起他的長髮，飄揚糾結的銀白拂過眼前，就像是在這亙古不變的幽冥世界裡，下了一場紛飛大雪。

他側耳傾聽，似乎想自滿天哀嘆哭泣聲中，分辨出其他不同的聲音。

許久，他輕聲地嘆息。

「眾生多苦，悠然不見……」他輕聲地念著經文，衣袂飄飄地在昏暗的道路上行走著。

盤桓在道路兩旁的沉重悲怨之氣，被這超越世俗的誦經之聲化去了大半。

四周漸漸變得祥和而安靜，但是他的眉宇之間，卻有著連吟誦的梵音經文，也無法消解半分的愁緒。

沒有人陪伴，只有一個人。

他不是害怕孤獨，早在千百年前，他就已經明白，世間眾生萬物，生來就已是孤獨。

那時的他，是高居天上的佛陀，時時低頭俯視世上的眾生，憐憫他們孤獨與不知平和的心。

他曾在西方的淨土之中，為每一顆無法滿足的心種下一朵蓮花，希望每一人每一物，最終都能尋得心中的安寧和平靜。

但是，對有些過於複雜與執著的情緒，他困惑，他不解。

那時的他不能明白，怎樣才會造就那麼複雜和難以理解的心？

可是現在，他已經能夠體會了。

因為在他的心裡，開始有了一個人，有了一份無法擺脫的感情。

不論他告訴自己多少次，愛恨不過是虛妄之念，最終一切只是歸於塵土，卻都無法說服自己。

他守不住，放不下，捨不掉，甚至連忘都忘不了。

自那個人對他說……上窮碧落下黃泉……

好一個上窮碧落下黃泉！

糾纏了幾百年以後，他終於身在黃泉，卻……

只有……一個人……

奔騰不息的河流無聲無息地流淌著。

死去的亡魂們站在岸邊，等著渡過這條名為忘川的河流，重新開始他們在人世間的又一個輪迴。

他站在忘川岸邊，遙望著河的那頭。

那裡不是他要去的地方，那裡代表著新的開始，代表著再一次的機會，但是他沒有第二次渡過這條河的權力。

因為，這本來就只是一場試煉，一個劫數。

情劫！

他笑了。

這兩個字，就能概括所有的一切，是多麼好笑的事啊！忍下無盡的眼淚，嘔出所有的鮮血，只是用兩個字，就能輕輕帶過了。

他一邊笑著，一邊踏足水面，朝著大河的中央走去。

「我回來了。」他輕聲地說。

他停了下來，腳下是刻滿奇特文字的石座，以及石座中間看似沉睡的身影。

「是有些久了，被一些不得不做的事耽誤……」他垂下眼睫，看著肩頭銀白一片的長髮：「有很多有趣的事，以後我再慢慢地告訴你。現在我有點累了，只想睡上一會。」

他很快就會醒的！

很快……

因為他還要等，等著……那個人……

上窮碧落下黃泉。

只是忘了，等記起來的時候，就會來了……

他會等著。

不論，要用多久的時間……

他的頭往後仰，靠進了暖和的懷抱。

「無瑕，臉上濺到水了嗎？」

溫暖的指尖掠過他的臉頰，擦去了一點微涼的濕意。

「你今天看起來很開心。」

他動了動嘴角。

「你這是在對我笑嗎？」

他眨了一下眼睛。

「你再對著我笑一次……」

他覺得累了，閉上了眼睛，和溫暖靠得更近了一點。

因為很暖和。

所以，很快就會醒的。

很快……

長白幻境，已不再是昔日的長白幻境。

縱然大部分的地方依舊冰雪層疊，一派晶瑩蒼茫，但在西面的湖邊，卻是蒼翠掩映，暖風熏人，無一絲寒意，宛如……煙雨江南……

寒華站在門前，一動不動地凝視著湖畔的人。

那人穿著雪白的衣裳，半躺半靠地倚在岸邊。微風拂開銀白的髮絲，露出了他安詳溫柔的臉龐。

他明明睜著眼睛，那雙美麗的眼睛裡，卻是一片空洞茫然。

他就那樣安靜地坐著，像是睡著了一樣，連頑皮的蜻蜓停到了他鼻尖，也沒有揮手趕開……

和暖的風裡突然滲入了一絲寒意，蜻蜓抖了抖翅膀，轉瞬飛得不見蹤影。優缽羅微微動了一下，放在膝頭的手滑落下來。

寒華走到湖邊，彎下腰掬起一捧湖水。湖水在他手中凝結，轉瞬成了一朵晶瑩剔透的蓮花。

「無瑕。」他把那好似冰雪，卻毫不冰冷的花朵放到愛人面前。「回屋裡去吧！」

優缽羅看著那朵蓮花，又似乎什麼都沒有在看。

寒華早已習慣了這種沉默，把花放到了他的懷裡，抱起他往兩人居住的竹屋走去。

但是沒走幾步，寒華突然停了下來。

「無瑕，這些年我們一直沒有離開過幻境，你會不會覺得悶呢？」他低下頭，用手指順了順優缽羅散落的髮絲：「剛才看著你，我突然想起從前……不如我們到山下去走走，你覺得怎麼樣？」

優缽羅懷抱著蓮花，眉目低垂。

寒華的神情越發柔和，低下頭用嘴唇輕觸了一下他的臉頰。

他所想起的，是千年之前……但是他忘了，千年之後的人世，早已經不再是兩人相識相遇時的模樣。

寒華抱著優缽羅站在雲端，心中有一絲的懊惱。但他轉念一想，淡淡地笑了起來。

這世上，沒什麼是他辦不到的。

寒華舉目四顧，片刻之間就找到了合適的地方。

那是深山中一處無人的山谷，谷中草木豐盛，更有一道溪水蜿蜒流過。

他用衣袖護著懷裡的人，加速了飛行的速度，眨眼間已經輕盈地落在谷中。

「無瑕，你在這裡等我。」他把懷裡的優缽羅放在一棵大樹下，在周圍設下結界：「我去找些東西，很快就會回來。」

他走出幾步，又回過頭來看了一眼，才往天外飛去，霎時不見了蹤影。

山谷中，只剩下了倚樹獨坐的優缽羅。

離樹不遠的地方，草叢突然窸窣作響，須臾跳出一隻白色的兔子。

兔子一路啃著草，蹦蹦跳跳了一會，突然注意到靠著樹坐在那裡的優缽羅，好奇地靠了過去。

寒華布下的結界，這世間能破解者至多一、二人，何況是一隻再普通不過的兔子？那兔子不知厲害，一頭撞了上去，頓時被結界震得頭破血流，一下倒在了地上。

鮮紅血漬慢慢浸染出毛皮，流淌到翠綠色的草地上，異常地觸目驚心……

這個時候，身在結界中的優缽羅微微一動，之後竟伸出手，抓住了那隻受傷的兔子。剔透的蓮花從他膝頭摔落，掉在了地上，他卻渾然不覺，把沾著血的兔子抱在懷裡。

他的手指下意識地撫摸著那柔軟的白色毛皮，感覺溫暖的體溫一點一滴從懷中消失。

天空暗了下來，乍然從燦爛的白天變成了漆黑的夜間。

優缽羅對這種異常的變化毫無反應，他只是低著頭，撫摸著懷裡的白兔。

慢慢自黑暗中浮現的，有街道、屋宇、長橋、河流，熙熙攘攘的人群和滿城滿街的花燈。周圍開始喧鬧起來，彷彿穿越了千年的時光，身處在那座繁華的古老城市之中……

優缽羅慢慢地抬起了頭，迷茫地望著這奇異的場景。

他坐在河邊的臺階上，背靠著欄杆，許多人在他身旁來來去去，卻沒有任何人看他一眼，彷彿他並不存在。

燈火闌珊……遠遠地，一身白衣的冷冽男子穿過人群，從橋上緩步走來。

在無數人中，一眼就看到了……

他手裡提著一盞荷燈，在柔和的火光裡，那張如同冰雪雕琢而出的臉上，帶著淺淡的笑意。

寒華往河邊的臺階走去，想要把手裡的燈給正看著他的優缽羅，轉瞬卻察覺到，風裡飄蕩著一絲淡淡的血腥味。

他驟然色變，立刻跨上橋欄，凌空飛了過去。等到看清楚流血的只是一隻兔子，他的心才定了下來。

「怎麼會有一隻兔子……」他略微想了一想，就明白了原委，可他依然有些驚訝：「無瑕，是你把牠抱進結界的嗎？」

優缽羅當然不會回答，低下頭看著懷裡蜷縮著的雪白毛團，用手輕輕地撫摸。

寒華微微一笑，衣袖輕拂過後，非但那隻兔子醒了過來，連牠身上和優缽羅衣衫上的血跡也都消失不見了。

「我是去找這個的。」他把荷燈提到面前，火光映照在兩人臉上，添了上一絲靈動和一絲溫柔。

「你還記不記得，很久以前，我們曾經在這個地方，一起看過花燈？現在你所見到的一切都只是幻影，這盞燈卻是真的。雖然我沒有辦法讓時間逆轉，但是從今往後……」

往後如何，他沒有再說下去……

許久之後，寒華抱著優缽羅，走出了城門。

在他們身後，古老城池慢慢淡去，那些喧譁熱鬧也跟著漸漸消失。

最後剩下的，只有他們兩人，那盞荷燈……還有兔子……

「無瑕，我們回去了。」

荷燈在寒華手上，兔子在優缽羅懷裡。

「你想把兔子帶回去嗎？」寒華看了看那隻普通到極點的白兔：「可牠是塵世間的凡胎，在長白幻境是活不了的。」

說完，他騰出一隻手來，輕柔地從優缽羅懷裡拎起了兔子，扔到地上。

冷冷地看了那隻兔子一眼，轉向優缽羅的時候，寒華的表情又柔和起來。

「我們回家。」寒華把吹熄的荷燈放到優缽羅懷裡，抱著他飛上了雲端。

長白幻境。

這一天就和往常一樣，他獨自坐在湖邊。

突然有一隻白色的、毛茸茸的動物不知從什麼地方竄了出來，飛快地跳進了他的懷裡。

那是一隻通體雪白的狐狸，一跳進他懷裡，就抬起墨黑的眼睛與他對望。

四目相對……他的手微微抬起，撫過那無一絲雜色的雪白皮毛。

雖然異常地柔軟順滑，卻有種奇怪的感覺……他幾乎是毫無意識地，緩慢輕柔地撫摸著懷裡的白狐。

狐狸對他的動作很是滿意，瞇起眼睛蜷縮到他的懷裡，準備好好地躺上一會。

微風吹過竹屋，撩動了窗前的白紗。

主人們似乎不在，在青色竹牆上，掛著一盞美麗的荷燈。

——番外〈相守．長白紀事〉完

# 番外　餘生只合花間老

在長白幻境極東的地方，有一塊碩大的石碑。

說石碑其實並不貼切，從外表來看它上寬下窄，宛若倒插入地面的一座小小山峰。

在很久以前，這塊名為群玉碑的巨石之上充滿了豐沛的靈力，而在這塊巨石籠罩的範圍之內，曾經是整個長白幻境之中，草木唯一能夠生長之處。

但是那都是很久以前的事情了，如今的長白幻境，早已是芊芊蔥蘢之地，反倒顯得群玉碑前草木蕭疏起來。

唯一使它顯得極為特別的，便是在底部生長出的那朵花，宛若蓮荷一般並無繁冗枝葉，只一枝亭亭伸展。花朵碩大潔白，展開後層層疊疊如有千百瓣之多，在陽光下若玉石剔透，端的是美麗無雙。

對於寒華來說，他每次見到這塊群玉碑，心中都會充滿了慶幸之情。

慶幸當年這塊群玉碑自天破處落下之時，自己並未順手摒棄，才能有今朝所獲。

「無瑕……」他嘴角帶著笑意，手指慢慢撫過盛放的花瓣。

花朵輕輕地晃動著想要避開，似乎是不願意被他這樣摸來摸去。

此時此刻此景，要是換了熾翼，只怕怎麼都要摸到自己滿意為止，太淵心裡就會胡思亂想，孤虹大抵拂袖而去，青鱗八成傷心欲絕……

但是於此時在此地的，卻是寒華。

他不願意被摸，寒華便放下了手，靜靜地望著也覺得心滿意足。

因為就算他的「不願意」，對寒華而言也彌足珍貴。

而且，比起轉變人形的時候，本體時他的情緒表達會更多一些。

寒華抬起頭，望向頭頂的這塊群玉碑。

這塊巨石本是域外天海中的一塊浮岩，彼界天裂那日，它恰巧跟隨天河傾覆落下，華胥女媧補天之後，這唯一的一塊遺石便被稱為群仙功德碑。

它最初來到長白幻境之時，宛若一塊瑩白玉石，但漸漸因著清濁難容，最終散佚了靈氣，變作灰綠之色。但自從優缽羅花重新盛開，它自身也由下而上慢慢變化，如今已有大半恢復了雪白。

如此想來，太淵傳來的那個訊息也未必是空穴來風……

他有些出神，突然感覺到手背上輕微的觸感。

他驚訝地低頭，正捕捉到那猛地直立而起的花朵。

意識到他的注視，花兒還故意搖晃，離他的手更加遠了一些，似乎剛才完全是因為風太大不小心碰到的樣子。

寒華笑了。

在這一瞬之間，他已經下了決定。

不論是人是神，在這方面應該並無不同，得隴望蜀心不足……

他展袖拂過花兒，看著刻在心上的愛人一寸寸凝聚成形。

「無瑕，我們回家了。」他將人抱到懷裡，正要離開，卻感覺到了一股拉扯的力量。

懷裡的愛人，居然伸手拉住了他的頭髮。

「怎麼了？」他為這從未有過的事，感覺到胸中一陣悸動，更放柔了聲音問：「無瑕……」

無瑕一手抓著他的頭髮，一手化作了藤蔓的樣子，纏在了群玉碑上。

「你這是做什麼？」寒華的目光在自己的頭髮、無瑕和群玉碑之間轉了一個來回：「天色已經晚了，你要喜歡這石碑，我們明日再過來。」

但是很顯然，這番說辭並沒有用，甚至無瑕慢慢鬆開了他的頭髮。他一把抓住正漸漸變綠的指尖，握到了手心。

「要回去了，無瑕。」緊接著他又把另一隻變作藤蔓的手拉了回來，連人帶手按進了懷裡。

無瑕的嘴角有些抿緊，不死心地想要繼續把手伸出去。

「不行。」他的臉被那隻溫熱的大手捧了起來。「要回家了。」

不！

他用力擰過身子，想要跟讓他很舒服的石頭在一起。

「你這樣，我真的很高興。」那個人對他說：「但這不過是一塊石頭，你這麼喜歡它做什麼？」

因為和平時的語氣有點不一樣，他的動作稍微停頓了一下，可是混混沌沌的腦子裡如同遮了一層霧氣，只能按照本能行動，他又鍥而不捨地伸手去抓。

反正，那人拗不過他……

然後，想當然地，那塊石頭就被放到了他的手裡。

他手中多了一顆小小的、剛好足夠他掌心握住的小石頭。

他瞪大眼睛，盯著自己的手心，樣子呆呆的，格外稚氣。

寒華忍不住，輕輕地用嘴唇碰了碰他的睫毛。

他有些受驚，往後瑟縮了一下，愣愣地看著寒華。

「你本是天外異花的種子，依附於群玉碑上的靈氣而生，群玉碑能夠與你氣息交融，所以你天性會喜愛與它親近。」寒華為他整理散落下來的頭髮：「不過近來天地之間異變頗多，我只怕有什麼意外。」

寒華說完，嘆了口氣。

「我也再受不得你有什麼意外了，不過……」他這麼說：「你若是離不得這碑，把石魄帶在身旁也好。」

寒華的手指撫過，那塊石頭發出了瑩瑩微光，然後突然動了起來。

他嚇了一跳，差點把石頭摔落到地上，寒華早有準備，穩穩托住了他的手掌。

那石頭的表面有一小塊剝裂下來，自縫隙間露出了一雙怯生生的藍色眼睛，和他睜大的眼睛四目相對。

那股令他非常舒服的感覺自手心傳遞而來，他忍不住把另一隻手也覆了上去。

輕輕的破裂聲音傳來，他覺得手裡有什麼東西在動，便把合在一起的手掌打開了一些。

手心裡是一隻小指長度的動物，嘴巴和耳朵都尖尖的，一身雪白的皮毛，尾巴又長又大，正歪著頭，一雙藍色的眼睛水潤潤的，一眨不眨地盯著他。

寒華初時也有些驚訝，轉念間想到了什麼，一時呆住了。

「無瑕……」他小心翼翼地問：「可是你讓群玉碑蘊出了這狐形的石魄？你可是……」

你可是……還記得我？

無瑕自從得了化作狐狸樣子的石魄，便總是和它伴於一處，寒華見石魄對他聚斂魂魄助益頗多，也就未加阻攔。

只是那石魄非但不像一般石靈木訥呆滯，甚至頑皮得厲害，還無師自通地將無瑕變作了與自己差不多大小，鎮日裡帶著四處玩耍。

寒華垂下目光，看著那隻小小的藍眼狐狸，背著小小的無瑕，在案上啪嗒啪嗒地跑著。

跑著跑著，那隻渾不吝的狐狸，居然沿著寒華放置在案上的手臂，一直跑上了他的肩頭。

燈火下，背著小人的小狐狸映出的影子，簡直就像是在攀登一座險峰。其間因為道路艱險，無瑕緊緊地摟著狐狸的脖子，整張臉都埋在了狐狸的毛髮裡。

待到了肩上平坦處，他才抬起臉來，一張小臉紅撲撲，眼睛也水亮亮的。

玩得很開心嘛……寒華用另一隻手的指尖，揉了揉小小的無瑕，害得已經鬆開手的無瑕一下子坐倒在他的肩頭上。

無瑕抬頭看他，只有他指甲蓋大小的臉上一片茫然。

他忍不住再次伸手過去，一直伺機靠近的小狐狸卻竄過來，舔了一下他的指尖。

他眉頭剛剛皺起，不料無瑕竟然有樣學樣地，抱著他的指尖舔了一口。

舔完之後，還試著咬了一咬。

寒華整個人僵住了。

無瑕咬完之後，又抓著湊過來的小狐狸，懵懵懂懂地舔了一下。

寒華勃然大怒！

無瑕正在呸呸往外吐毛，只覺得天旋地轉，一下子落到了熟悉的懷抱裡。

然後被人抱著起來，往外就走。

他抽空回頭，看到小狐狸已經變成了一塊僵硬的石頭，四腳朝天地躺在案上，一派淒涼的模樣。

只是還沒等他回神，便被放置到柔軟的床鋪之中。

「那石魄有些不對。」那人對他說：「我把它收回群玉碑去。」

他眨了一下眼睛，努力分析著這句話的意思。

寒華幫他把被子蓋好，正要轉身離開，卻不意被抓住了長袖。

他又坐回了榻邊，看著無瑕因為用力而有些發白的手指，便笑了。

燈火微黃，柔和了他若冰雪般冷冽的眉目，一笑起來說不出地好看。

「你想和我說什麼？」這個漂亮的人問他。

他張了張嘴，復又閉上。

「不說便休息吧！」這人非常好脾氣，對他說：「我不會把石魄怎樣的，只是它總纏著你，我有些不高興。」

他巴巴地望著，卻也不撒手。

「我知道你已經能說話了。」這人湊下身來，好看的臉因為輪廓深邃顯得有些銳利，他不由有些緊張。

「你不願意同我說話，我也並不在乎。我有很長的時間。」這人說著已經湊到了他的耳邊：「我們，會有很長的時間。」

他的耳廓有種輕微的濡濕感，微微的熱氣吹拂過來，頓時把他的整隻耳朵都染紅了。

這個人有點討厭啊……害他耳朵熱熱的……

他心裡惱火，想要推開這個人，但是手又被抓起來了，於是轉過頭去，張口咬住。

這一口，直接咬在了那高挺的鼻子上。

兩人離得如此之近，看過去什麼都是模模糊糊的，他只能感覺到什麼東西擦過了自己的臉頰。

他嚇了一跳，連忙鬆開了嘴，還把頭往後仰到了最遠的位置。

寒華抬起手，摸了摸尚有牙印的鼻尖，似乎也被這一咬嚇到了，倒讓他順勢抽回了自己的手。

他急忙伸手擋住了這人黑黑的眼睛，然後手心裡又有了那種癢癢的感覺。

就好像小狐狸在手心裡蹦蹦跳跳，又比那輕盈得多……

他不知道該怎麼辦，最後只能把手收回來，假裝自己已經睡著了那樣，緊緊地閉上眼睛。

他聽到了笑聲，低低的、不停的笑聲，笑了好久。

臉好熱，有點不開心……

「無瑕。」微涼的肌膚貼到了他的頸邊，這個人又在說：「你這個樣子……我好喜歡。」

這人巴在自己身上說著話，後來他就有點睏了，但是沒有小狐狸在又睡不安穩。不開心……

迷迷糊糊的，小狐狸又過來了，還是隻很大的小狐狸，抱起來軟軟的好舒服……

一覺醒來，小狐狸趴在枕頭邊，看到他醒了就跳過來，把他變成小小一隻。

他揉著眼睛爬上了小狐狸的背，枕頭和被子好像山一樣，他們跑了半天才跑到床沿上。小狐狸看也不看地用力一跳，竟然想要直接跳下去。

「啊——」他忍住不發出了驚呼。

但這聲音似乎嚇到了小狐狸，原本想展示一下剛剛學會的騰空而起，卻一下子摔到了地上。

他也跟著摔到了地上，磕到了頭。

好痛啊！

他抱著頭，眼淚滴滴答答就掉下來了。

小狐狸急忙湊過來，不停圍著他轉，用舌頭舔他的臉。

他痛得厲害，把小狐狸的頭推開，四處張望著去找那個人。

為什麼不在！

遍尋不著，他心裡頓時充滿了委屈，眼淚掉得更凶了，甚至發出了細碎的哭聲。

小狐狸害怕極了，湊過來還要舔他，被生氣的他「啊嗚」一口咬住了鼻子。

如果會流眼淚，小狐狸此刻必然已經嗚咽著哭了出來。

寒華趕回來的時候，看到的就是這樣的場景。

他方才察覺到昆侖傳來異動，只來得及叮囑石魄看好無瑕，便匆匆忙忙趕去查看，沒想到片刻工夫，沒用的石魄就闖了大禍。

他連忙將無瑕變回原身，抱在了膝上仔細查看。

無瑕見到他，本已經有些止住的眼淚頓時又不住地流淌下來。

「無瑕。」寒華從未見他這樣，一時手足無措，雖然檢查下來沒見什麼大礙，卻怕自己漏了什麼地方沒有留意到。「是撞到了哪裡嗎？」

他緊緊地揪住寒華的衣服，把自己埋在了對方的懷裡。

「無……」

「寒華。」隔著衣物，他的聲音有些含糊：「很痛啊……」

寒華的手僵在了半空。

「無瑕，你說什麼……」他小心地捧起了懷中人的臉：「你再說一遍。」

「寒華。」他眼中猶有淚水，目光卻是前所未有的清亮：「摔到了，痛。」

寒華猛地把他擁入了懷裡。

「無瑕……」他的聲音微微顫抖著：「無瑕……是你嗎？」

「嗯。」無瑕點點頭：「是啊！」

「無瑕……」寒華的手越勒越緊。

「唔！」他敲打寒華的後背：「痛……」

寒華這才忙不迭地鬆開手。

「痛。」他一把抓過寒華的手，放到自己頭上。

寒華愣了一下，回過神後用些微靈力撫過了他喊痛的地方。

他覺得不痛了，拉起寒華的衣袖，擦了擦自己的臉。

抬起頭來，四目相對。

他歪過頭，似乎不明白寒華為什麼這麼看著自己。

「無瑕，你為何……你可認得我？」

「寒華啊！」他拉了寒華長長的頭髮，在手指頭上繞圈。

寒華任他玩著，仔仔細細地觀察著他，卻也是有些不敢開口說話。

就怕是……一場……空歡喜……

玩了一會，無瑕打了個哈欠。

「我好睏。」他抬起頭來對寒華說：「想睡覺。」

「好。」寒華把他抱起來，放到了床榻上。

他躺在被褥中間，朝寒華微笑，然後閉起了眼睛。

寒華一直緊扣著他的手，確定他只是睡著了，這才長長地、長長地呼出了一口氣來。

他一招手，凌空攝來了那隻愚蠢的石魄。

小狐狸模樣的石魄四足朝天躺在他的手裡，假裝自己是一塊不會動的石頭。

「沒有下一次。」他把那隻裝死的石魄放在無瑕枕邊，自己卻站起身來。

石魄用前肢慢慢挪進了無瑕的枕頭下面。

又看了一會，寒華才轉身走出門外，袖袍一展，直往東方飛去。

群玉碑前，站著一個黑色的身影。

他貼得很近，閉著眼睛，整個額頭都貼到了石上。

「昆夜羅。」寒華在不遠不近處停了下來。「你又為了何事而來？」

「我以為，你知道我為何而來。」昆夜羅轉過身來，與優缽羅毫無分別的面貌讓寒華皺了皺眉。

「你知道什麼？」

「我與他同根而生，自然能夠有所感應。」他抬起頭，仰望著這塊重新靈氣充盈的巨石，沒頭沒腦地說了一句：「從極淵下的封鎮動了。」

寒華沒有接話。

「所以，是真的嗎？」昆夜羅轉過頭來。

寒華依然沉默著。

「你們這些古神，到底還隱瞞了多少事情？」昆夜羅哼了一聲：「只有那些自作聰明的半神，才覺得能夠取你們而代之，到頭來果然只是空夢一場罷了！」

「封鎮鬆動之前，我也並不知情。」寒華終於有了回應。

「說得好聽，縱觀千萬年來，看似權力更迭不休，但這天地還不是被你們上古遺族握於股掌？」

「天地並非恆定，更替自有法則。」

「且不說愛裝腔作勢的太淵，怎麼就連你都學會了話說一半，不盡不實？」昆夜羅冷笑著說道：「自熾翼於血海之中涅槃，眾生輪迴盤碎裂之後，天地靈氣本已近乎斷絕，但這些日子以來異變頻生，就連優缽羅都……難道你要說這是天地憐憫你的一片痴情，才讓這塊石頭死而復生嗎？」

「此事關係重大，其中又有諸多隱祕，並非三言兩語可以說盡。」寒華見他不依不饒的架勢，皺起了眉頭。「何況就算你知道了，也是有害無益。」

「那你會告訴我嗎？」

寒華望著他，神情冰冷，毫無動搖。

「算了。」昆夜羅嗤笑了一聲：「照著這個速度，很快人界必然大亂，我倒要看看你們怎麼收拾。」

他將手自群玉碑上取下，轉身要走。

「你可要見他？」

「不用。」昆夜羅不耐煩地說道：「你們怎麼就不信，我真的是打從心裡不喜歡他。」

說完，他轉瞬便去得遠了。

寒華站在原地，望著群玉碑思索了片刻，才往回走去。

他在門前停下了腳步。

此時天色漸晚，雲霞正如火一般，他站在花叢錦簇之間，居然生出了幾許憂慮來。

昆夜羅說得沒錯，這千萬年來看似天地幾易其主，但始終未曾徹底脫離神族掌控，但這一點，恐怕很快就要改變了……

「寒華……」屋裡的人喚了他的名字，彷彿只是在夢中的一聲囈語。

他頓時消斂去了所有的疑惑不安，帶著微笑與滿身花香，走進了那扇門裡。

他會和開在心上的花兒在一起，一同度過餘下的時間。不論前路茫茫，不論或長或短……又有什麼可懼的呢？

餘生若得花間老，何懼風雪滿枝頭。

——番外〈餘生只合花間老〉完

# 番外　雨露雲雷

這世間，本來是沒有神佛仙魔的。

他們來自天外，來自地底，來自我們所不知道的地方。

如晦的師傅，在他很小的時候，在他那個會有很多問題的年紀，這麼回答過他。

如晦的師父，是五臺山上一座小寺的住持。

那時候的五臺山，並未如後世那樣廟宇林立，成為一方聖地，只是一座少有人跡的荒山。

就連五臺山這名字，也不知道他師父是從哪裡想出來的。

「有五個山峰，為什麼不叫五峰山啊！」如晦掰完手指頭，問他的師父。

「我高興！我願意！我喜歡！」師父昂著頭，一副很厲害很了不起的樣子。

如晦看著自己的師父，覺得跟著他下山化緣總會被打，似乎也沒有什麼好奇怪的……

後來時間一年年地過去，經歷了很多事情的如晦，從出世到入世，最後又回到了這座小小的佛寺裡來。

他跪在佛祖的面前，再一次剃掉了帶來煩惱的塵絲，露出了捨身侍佛的戒疤。

這一次，他覺得已經看透人間苦樂，受盡了世事冷暖，懂得了為人的艱難，堅定了向佛的決心。

他的師父卻依然對他搖頭，就如同數年之前，他要離開這座荒山破廟的時候一樣。

廟宇依然很小，師父已經很老了。

見多識廣的如晦心裡覺得，師父這是老糊塗了。

人老了，就會糊塗，何況他的師父，一直都只是個在佛寺裡渾噩度日的貧苦僧人。

但師父與他情同父子，他心裡想著的除了侍奉佛祖，更重要的是讓師父老來不會過得太苦。

對如晦來說，這也不是什麼難事。

師父是個老實木訥的人，但他不一樣。

如晦很聰明。

從他第一次下山獨自化緣，帶回了一袋新米而非剩菜的時候，便顯露出了與生俱來的聰穎機靈。

回到了寺裡的第二日，晨霧剛起的時候，如晦拿了一個空空的褡褳，一個人往山下去了。

山路雖然難行，但他尚且力壯，也不覺得太過辛苦。

走過了最艱險的那一段路，他靠坐在山壁旁歇腳，一邊看向來路一邊下了決心，往後總要想法子修一條路，能讓師父走得安安穩穩。

剛坐了片刻，卻見山路上隱約來了個人。

如晦有些驚訝，畢竟這裡少有人煙。

到走得近了，薄霧不再能阻擋視線，他頓時生出了一種如在夢中的感覺。

那是一個穿著素衣的青年，容色昳麗至極，衣帶扶風飛揚之間，恍然有若天上仙人，令人見之忘俗。

於清晨荒野之中，與這樣的人物狹路而逢，如晦不禁有些恍惚。

那貌美青年走到近前，對他點頭微笑。

他連忙站起來還了一禮。

青年受了這一禮，便跟著坐在了他身旁，似乎也是走得累了想歇歇腳。

他一側身坐下，露出了身後一道白色的影子。

如晦往後退了一步。

要知道這山中雖無虎豹，卻偶有獨狼出沒，所以一錯眼間，他還以為那是一隻猛獸。

定睛一看，才知道是隻狐狸，還是一隻雪白而無半絲雜毛的狐狸。

白狐非但比一般狐狸體型大上不少，且雙瞳異色，一藍一黑，看著靈性非常，頗為奇特。

「小師傅莫怕。」青年用手指順了狐狸頷下毛皮，狐狸喉中發出了舒服的呼嚕聲，竟然宛若家犬般溫順：「此狐並非野獸，不會傷人。」

不知為何，這人隨便說話行止便讓人感覺安定舒適，讓如晦的心也平穩了下來。

「是小僧失態了。」他告了聲罪，又坐回了原處。

「小師傅可是在山中修行？」青年笑著問他：「我看這座山藏氣吞雲，氣象萬千，定然是有古觀名剎，不知小師傅可否為我指一條明路？」

「如今這世道，道與佛皆是式微，古觀名剎都只是善信之言。」他明明是個心思沉穩之人，但是對著這個容貌出眾的青年，不知道為什麼卻有了一番傾吐之心。「這山上只有一座佛寺，只得我和師父兩個和尚，連生計都很艱難，縱然有傳播佛法之心，卻也難抵皮囊維續之苦。」

「如此亂世，難道不正是更需弘揚佛法之時嗎？」

如晦愣了一下。

「眾生艱難，若能藉由佛法尋得心中安寧，縱然不能使人人得證大道，多少也可看淡困苦。」

青年一邊說，一邊慢慢撫摸著白狐，那狐狸依偎在青年腳邊，卻是異常冷靜自持，一點也不似野獸該有的模樣。

「施主慈悲心善，有博愛世人之心，自然會有大福報。」如晦朝他合十行禮：「但恐怕……知之易，行惟難。」

「我來這山上，其實是拜訪一位故人。」青年突然之間話鋒一轉。

「這……」如晦吶吶地問：「這山上只有我和師父……」

這般風雅的客人，居然是來找師父的……

「如今山路難行，也不知道他身在何處，恐怕這次是見不到了。」青年朝他微微一笑：「我的這位朋友，雖然有智慧，卻又太玲瓏，若是小師傅能見到他，還望能替我帶一句話。」

「可是……」

「著境即煩惱。」

青年說完這句話，如晦只覺腳下一空，整個人往下墜去。

他大汗淋漓醒來之時，只得一個人坐在山石之上，被風一吹，生生打了個冷顫。

竟然是夢……

他環顧四周，薄霧開始散去，視線所及之處荒涼依舊，怎麼也不明白自己怎麼會作這樣奇怪的夢。

他呆坐了半晌，才起身繼續趕路。

接下去的年月裡，發生了許多事。

首先是素來崇道的天家，因為深受道家攬權所害，在清除奸佞之後，漸漸開始信奉佛教。

藉由這個契機，如晦用了十數年的時間，慢慢將這荒涼山間的破寺，經營成了遠近聞名的一座寶剎。

他精通佛理，善於傳法，就連遠在京城的貴人們，都聽聞了他的名號。

最終天子傳來聖旨，要求他遠赴京城，主持剛剛落成的皇家佛寺，據說這座寺廟非但規模宏大，且有上千僧侶常駐，堪稱舉世無雙。

能夠得到這樣的看重，是光耀佛門的大好機會，也推脫不得，但離開五臺山時，如晦不知為何總覺得心中忐忑。

雖然今時不同往日，前呼後擁熙熙攘攘，但走在早就修繕平坦的大道上。如晦回望著翻修一新的寺廟，想起了師父圓寂之前，對自己說的那一句話。

「著境即煩惱……」他喃喃地念著這話。

師父走的時候已經八十多歲，神智不太清醒，為什麼說出這句話來，誰也說不明白。

許是我當年和師父說的那個夢……

「如晦大師，天色已晚，您這是要去哪裡？」隨侍的弟子問他。

「你們先休息吧，我四處看看。」他也睡不著，便想要四處走走。

他們落腳在小鎮的一座古寺，雖然不大但年代久遠，有著不少前輩僧侶的遺跡。

如晦穿過碑林，走到了一處池塘。

時值夏日，池塘的白蓮亭亭正盛，分外惹人喜愛，縱然如晦滿腹心事，一時間也覺得神清氣爽。

「那位小師傅，夏夜風熱，不如過來喝杯茶，去去暑氣啊！」

如晦沒想到還有旁人在，便往發聲處看去。

透過荷葉間隙，他見到有人坐在滿池白蓮的另一邊，正朝自己點頭微笑。

那青年穿著素色的衣衫，坐在池畔的水榭之中，腳邊伏著一隻雙瞳異色的白色狐狸。

如晦立時認出了他。

雖然距離那一日清晨，已經過去了二十載的時光，但想來依然歷歷在目，栩栩如生。

可越是如此，如晦卻越覺恍惚。

畢竟，那只是一場幻夢……他咬了咬舌尖，如意料之中毫無疼痛之感。

確定了眼前只是虛妄夢裡，他定了定神，沿著池邊走到了水榭之中，朝這位容貌殊麗的青年恭恭敬敬合十行禮。

「小師傅，好久不見。」青年做了個請的姿勢。

如晦謝過之後，在他對面坐下。

「不知這些年裡，小師傅可遇到了什麼有趣的人、有趣的事？」青年遞給他一盞清茶。

如晦想了想，卻只能搖了搖頭。

他這二十年汲汲營營，何來「有趣」之說。

「我這裡，倒是有些有趣的故事。」青年抬頭看了看天際：「趁著月夜風清，說與小師傅聽聽，就當作解解睏乏。」

他說完這句話，突然之間彷彿雲開霧散，月光越發皎潔，且有清風徐來，吹動了滿池蓮花。

青年言語簡練生動，講述著他從未到過的地方、從未聽過的故事，如晦聽了一會，只覺心馳神往。

「我年輕時也曾想著遊歷四方，但終究只在方寸之間行走。」如晦嘆了口氣：「如今更是為俗務所困，這些奇人妙事，始終是無法親眼得見了。」

「何謂俗務？」

「如今天家崇佛，於皇城修寺供佛，遷數千僧眾入寺，然前車之轍尚在，只可惜我已行於獨木，退一步怕是萬劫不復……」

「不知小師傅是如何入得佛門？」青年給他續了杯茶。

「我自襁褓之中被父母遺棄，是師父將我帶回廟裡撫養長大。」

「那想必入佛門時，也是身無長物？」

「那是……」

「如今你倒是想著掙得什麼？」青年情態寧和，既無譏諷，也無喟色：「世間一切，皆是緣法，得失之間，不過心魔。」

坐在水榭之中的如晦，猛地驚醒過來。

四周寂靜萬分，連一絲風聲也無，唯有滿池蓮花蔓蔓亭亭，在月色中泛出瑩白之光。

他環顧四周，縱然恍惚仍在，心中卻有聲音錚錚作響。

「著境即煩惱……離境是菩提。」他喃喃念了幾遍，突然放聲大笑。

伴著笑聲，天邊一道響雷直劈而來。

此後，關於五臺山的如晦和尚，世間有了兩種說法。

一是說如晦和尚被天雷擊中得了天賦神通，能知過去未來；二是說他不過是藉著瘋癲，躲避皇家徵召。無論怎樣，在這一夜後，世間少了一位莊嚴高僧，多了一個瘋癲的和尚。

瘋瘋癲癲的如晦和尚，一路行走一路修行，直到若干年後，以百歲之身圓寂於尼拘樹下。

離了衰老的軀殼之後，如晦只覺得神魂飄蕩，來到了一處奇異之所。

「妙樂！妙樂！」

他朝聲音來處望去，只見雲霧環繞之中，有人朝他招手。

待看清那人的樣貌，一瞬之間，自前世到現世，無數記憶湧入腦海。

回過神時，與那人已然正面相對。

「妙樂師兄，許久不見了。」那人雖然稱他為師兄，卻是一副俗家的裝扮。

「怎的不喊我小師傅了？」如晦，不！文殊師利朝他合十而笑：「我方才迷迷糊糊，還想著是哪個師兄點化我，沒想到居然是你。」

「我與師兄有一段因緣，如今也算是善始善終。」青年卻未還佛家之禮。

「如此甚好。」文殊師利看向他的身後，別有深意地說道：「不過如你點化我時所言，世間一切，不過心魔，不知你又何時能夠悟透這心魔，得歸自在世界。」

「天長地久，總有盡時。」

文殊師利再次朝他合十行禮，口宣佛號，轉身往明滅昏暗處行去。

待青年目送他遠去，身後走出了一個高眺身影來。

那是一個俊美的男子，黑髮白衣，尤其神情蒼白倨傲，整個人有若冰雪雕琢而成。

「你同他說的話，是什麼意思？」男子嘴角緊抿著，令得整個人越發冰冷。「無瑕，什麼叫做天長地久，總有盡時？」

「你莫要多心，我說這話沒有別的意思。」無瑕有些無奈地望著他說道：「可你也知道，不論怎樣長久，世間一切總有終結之時。」

「好，我不多心。」那男子欺上身來，朝他笑了一笑：「尊者，我知你靈慧通透，不知能否為我這痴愚之人一解疑惑？」

他本是冷峻至極的人物，這一笑有若冰雪初融，直教人心中無端發慌。

無瑕心裡，便是覺得有些慌張。

「寒華……」他知道寒華定然是因為那句話生了氣，只是要說出違背心意的話來哄騙寒華，他也不願意。「我想同你說一說……」

「說什麼？」寒華抓起他的一縷長髮，在指尖慢慢摩挲：「無瑕，你莫要忘了，你是在我長白幻境之中誕生而出，這些異邦異教之徒，不過是趁我不備將你拐走。我還沒有同他們計較，你可別說出讓我記恨他們的話來。」

「那不是……」

「那就是！」他再一次打斷了無瑕：「若不是他們將你拐走，或許我們早就能在一起，又何須經歷這麼多波折，讓你受這麼多苦？」

無瑕本有些慌張，聽到這裡卻是笑了。

「寒華，我本以為你不會說情話。」他抓住了寒華的手。

「我說的是實話。」寒華望著他，想起那曾經在幻象之中看過的小小的無瑕。

想起來心便軟了……

他望著眼前雋秀的戀人，突然又笑了一聲。

在無瑕尚未回過神時，他化作了巨大的原形，一口將無瑕攔腰銜在了嘴裡。

「啊！」無瑕發出了一聲短促的驚叫。

自從來到此世界後，寒華因為受傷太重，初時無法恢復人形，但法力慢慢恢復之後，便極少再化作狐身。

「寒華，你這是怎麼了？」他有些慌張地問道。

寒華嘴中銜著他，四足騰空而起。

無瑕還想說話，但寒華飛得極快，而且風實在太大，他一時之間也發不出聲來。

待到寒華終於停下來，他已然頭懸目眩，被放到地上時，一時之間站立不穩，整個人向後栽倒了過去。

摔進了一堆綿軟之中。

他略微清晰一點的視野裡，寒華俊美的面龐驀地逼近過來。

無瑕心中一蕩，突然有些難以自持。

「你心裡總是裝著太多無謂的人事。」寒華輕聲說道，帶著點埋怨的意味：「你莫忘了應允過我，了斷文殊此後，便不再去管那幫浮屠。」

「嗯……」眼前是他的耳尖，無瑕沒忍住，輕輕摸了一摸。

寒華一顫，俯身咬住了他的咽喉。

他悶哼了一聲。

「我之前還在想，你真把我當成坐騎了？」渾渾噩噩之中，他聽見寒華在耳邊說道：「也好，不若我們試試，怎麼個坐法更合適些？」

青竹簾、白紗帳、夢中人……有什麼東西在扒拉著門板，發出嘈雜的聲音，此刻卻無人願意理會。

春光，正好。

——番外〈雨露雲雷〉完

高寶書版集團
gobooks.com.tw

**BL009**

**仙魔劫之白晝**

作　　者　墨　竹
繪　　者　zabu
編　　輯　林紓平
校　　對　任芸慧
排　　版　彭立瑋

發 行 人　朱凱蕾
出　　版　英屬維京群島商高寶國際有限公司臺灣分公司
　　　　　Global Group Holdings, Ltd.
地　　址　臺北市內湖區洲子街88號3樓
網　　址　www.gobooks.com.tw
電　　話　(02) 27992788
電　　郵　readers@gobooks.com.tw（讀者服務部）
　　　　　pr@gobooks.com.tw（公關諮詢部）
傳　　真　出版部　(02) 27990909　行銷部 (02) 27993088
郵政劃撥　50404557
戶　　名　三日月書版股份有限公司
發　　行　三日月書版股份有限公司/Printed in Taiwan
初版日期　2018年9月

國家圖書館出版品預行編目(CIP)資料

仙魔劫：白晝 / 墨竹著.-- 初版. -- 臺北市：高寶國際, 2018.09-
冊；　公分. --

ISBN 978-986-361-559-0(平裝)

857.7　　107010049

三日月書版

GOBOOKS
& SITAK
GROUP©